新 | 青 | 年

浮生，旧时楼台

莫 诺 ◎著

南方出版传媒
花城出版社
中国·广州

图书在版编目（CIP）数据

浮生，旧时楼台 / 莫诺著. -- 广州：花城出版社，
2018.7
（新青年）
ISBN 978-7-5360-8677-7

Ⅰ.①浮… Ⅱ.①莫… Ⅲ.①长篇小说－中国－当代
Ⅳ.①I247.5

中国版本图书馆CIP数据核字(2018)第130850号

出 版 人：詹秀敏
责任编辑：李 谓 安 然
技术编辑：薛伟民 凌春梅
封面设计：回响设计视觉传达

书　　名	浮生，旧时楼台 FU SHENG, JIU SHI LOU TAI
出版发行	花城出版社 （广州市环市东路水荫路11号）
经　　销	全国新华书店
印　　刷	佛山市浩文彩色印刷有限公司 （广东省佛山市南海区狮山科技工业园A区）
开　　本	880毫米×1230毫米 32开
印　　张	8　1插页
字　　数	165,000字
版　　次	2018年7月第1版 2018年7月第1次印刷
定　　价	32.00元

如发现印装质量问题，请直接与印刷厂联系调换。
购书热线：020－37604658　37602954
花城出版社网站：http://www.fcph.com.cn

第一章

一

"阿姊,阿姊……"燕儿急匆匆一个箭步冲进来,"咱妈差人给送鸡汤来了,你赶紧喝两口,不多时就得登台了。"燕儿一面说一面将汤锅子拧开,一股浓烈的鸡汤味儿便疯也似的往心肺里钻。

"什么咱妈!别叫那么亲热,我妈早死了,那是你妈!"冷冰烦得厉害,言辞不由自主地重了几分。

遥想阿母在世时,她熬的鸡汤也是这般香,桂皮枸杞连着刚入冬的萝卜,文火慢炖三五时辰,盛出来再撒上些葱末,那就是人间仙品,一碗总不够,还得再来一碗。

燕儿已将一碗汤盛好,闻言端在手中,送也不是,不送也不是。

"阿姊……"

"说了多少次,切莫再叫我阿姊!"冷冰蛮横切断燕儿言语,"我不叫苏凤,也不是你什么阿姊!最后一次警告你,我是冷冰,你得唤我小姐!滚出去,把这恶心东西也一并拾掇出去!"冷冰暴怒,扶着额头,脑筋伤透。

自阿母离世后,冷冰是闻不得鸡汤味的——这点,燕儿是晓得的。

燕儿总想招惹她。今儿个,正是阿母离世十年之祭日,燕儿这小伎俩确是触到冷冰的底线了。冷冰无数次地在心中骂过这个鬼迷心窍的缺心眼儿,自己过得不好,对她能有何益处。

燕儿眼中噙了似有似无的泪,委屈地拎着汤锅子出了化妆间。方出化妆间大门,只见她眼角一瞥,嘴角禁不住地一提,心中自有一番得意的小欢喜。

屋内冷冰伤心至极,思绪飘至很久以前……

那时,总觉夏日比冬日要长,阿母总坐在院子里的合欢树下绣衣纳鞋,冷冰——噢,那时人世上并无冷冰,那时她还是一个无忧无惧的天真幼童,那时她名唤苏凤。幼时经年,还是小苏凤的她便总窝在阿母腿边缠着她讲神神鬼鬼的故事,什么花妖香玉啊、女鬼李氏啊、连城和乔生啊……太多太多,有时讲至惊惧处,阿母便故意地炸声一响,吓得小苏凤连忙捧着小脸儿满院子地叫。如今这唱戏的尖亮嗓音,怕多半是被阿母那时一个个故事给吓出来的。而每每小苏凤被吓得叫着跑了几圈后,又会茫茫然凑过头来,又喜又怕地问,然后呢……

苏凤打小就喜欢那些人神妖魔之间的爱恨情仇。漫漫长夏里，如是就着一支橘子汽水、一盘绿豆糕，窝在树荫下，听阿母讲故事，那便是顶好顶好的事了。

那时，蝉鸣蛙叫样样都好，麦芽糖橘子水件件都喜欢，时光命运统统都不错。那时，风高云低，山有山的样子，水有水的样子，一切有一切的样子。那时，阿母尚在……

想至此，十年时光仿若疾风翻书倏忽而过，什么都变了，什么都没了。冷冰不禁泪涟涟。一壁掉泪，一壁匆匆揩——是怕妆花了。

"冷小姐。"不多时，敲门声笃笃笃。

"冷小姐？"魏老板复又唤一声。

冷冰这才将魂魄从九霄外扯回来。

"哎呀，吓死奴家了。我还说是哪个冒失鬼，唐唐突突的，原来是魏先生呀。"

她轻轻巧巧转个身，便云开明月来，又换了一副喜乐作态。这作态是再成熟不过的，一颦一笑一蹙眉，尽在掌握中。这些年冷冰戏红人亦红，并不冤枉的。

"净胡说！太平世道，哪来的什么鬼不鬼？"

"魏先生这么说，可就真误会了，这世道，可从未太平过。这天津城里，人不像人、鬼不像鬼的事可多了。"

魏老板是聪明人，此语明摆着话里有话，不接不好，接着又烫嘴。遂索性挨着冷冰坐下，沉默着把玩起梳妆台上的金雀钗，不搭腔得了。

"不知魏先生，此行过来，有何贵干啊？"

冷冰行里行外没栽过跟头，一是因她唱腔可人演技卓佳，二是因她在逢人说话上，格外拿捏分寸章法。做人做得跟她脸蛋儿一样周正漂亮。

从商的，又不是儒商，身上难免都会沾惹些铜臭味，他们骨子里还是钦羡读书人的，所以听到这左一句"先生"、右一句"先生"地往自个儿身上堆，总叫人会生出些欲拒还迎的喜悦来。

魏豪生一直觉得，旁人百句"魏老板"，都不及她冷冰一句"魏先生"来得动听。

"你告诉我，你方才神游到何处了啊——竟敲门好些声都未听到？"

"你尚未答我，倒盘问起我来！"

哪个男人受得了她这小嘴一嘟！

"我呀，我过来就只是想瞧上你一眼。"说着手就冷不丁搭上冷冰的纤纤玉腿。

"色胚！"冷冰将魏豪生那粗手一敲，莞尔俏笑道："男人啊，最擅长的就是甜言蜜语。只要把女人哄进了帷帐，完了事一溜脚就跑得连鬼影都不剩，你这种男人我见多了。不好意思，魏先生，我好咸的，不喜甜食。"

"我就喜欢你这俏脾气。"魏老板欲要继续与她调笑，只见冷冰已然正身，对镜描起眉补起妆来，只好作罢。

"好了，也不与你消磨了。此遭前来，是想与你谈一桩无往不利的好买卖，只看你做与不做了。"

"这世上哪还有白吃的早餐？哪还有不扎手的刺猬？"

"这世上，也没有不伤人的玫瑰。"魏豪生笑说着，正欲抬手挑逗冷冰下巴。

登时，燕儿又急不隆冬地闯进来，唤道："小姐，该上台了！"

冷冰闻言起身，正好便如游鱼般游刃有余地滑过了魏豪生的调戏，陶陶然踱步至几尺开外。魏豪生回过身来，只见这一水的大红旗袍衬得她的玲珑身段一览无遗，信手抬眉间是说不尽的风情。只见她明眸善睐，皓齿醉人，肤如春梅绽雪，腰身又似弱柳扶风，走起路来自带一阵清风——这是骨子里媚的女人。

魏豪生偷偷咽了咽口水，便张望着听她回身，满面堆娇，一身是俏地说道："魏先生，这位是我助理燕儿，生意上的事儿您大可跟她谈。她年纪小，若有怠慢的地方，还望您前后照应着些。"

言罢，她又走到燕儿身旁，柔下面目来，细声道："燕儿，方才姐姐我言辞激烈了些，你也不是不知道，今个儿是我阿母忌日，难免感时伤怀，语气重了你莫怪姐姐。这魏先生，你替姐姐好生招待着。"一语作罢，便施施然整着戏服奔着舞台去了。

小燕儿心中陡然一动，却也说不清切滋味儿。但心里一想到站在身后的这风流老鬼，又恨恨地一咬牙，麻利地收拾了心情，转身便巧笑嫣然地招呼道："魏老板，最近煤炭生意如何啊？"

"你认得我？"魏豪生明摆着急于从这个助理身上捞回适

才与冷冰的对峙中落败的自尊与自信。

"那可不，您生意做得大，在众老板中，长得又是少有的偓俫。报纸上经常见您豪掷千金买些字画什么的做收藏，在这天津城里想不认识您都难。喜欢字画的人，气度都是好的。如今一见，我倒觉报纸上的描摹不太准确了。"

"此话怎讲？"

"您要比报纸上登的照片显得更精神些。"

千穿万穿，马屁不穿。跟着冷冰在这梨园行当里待的时日久了，别的本事没长，识人认面，捡些漂亮词句溜须拍马倒是信手拈来的事。

夸人夸七分，多一分显得谄媚，少一分又不贴心。魏豪生被这一来二去的几句漂亮话挑弄得脸红了几分。逢人接物这些年，这确是少见的。

"你倒是比你家小姐会说话，我喜欢同你聊天儿。"

"魏老板说笑了。不知魏老板，要与我家小姐谈些什么生意啊，您不妨与我说道说道？"终归是要拉回正题的。

这前后两声"魏老板"，却又将燕儿在他心中的形象打了三分折扣。

魏豪生自顾自地笑了笑，这可怜的自尊心啊！来世不做读书人，便不为人！

"也不是什么大买卖，就是几个生意上的朋友附庸风雅，好些戏曲歌舞什么的。现在上海那边都时兴拍电影，于是技痒想要投钱请你们家小姐演出戏，也不准备指着它挣钱，纯粹图一乐，权当玩票了。至于酬劳什么的，任你家小姐开就是了。"

"是什么类型的戏呢?可有盘算了?"

"本子倒是有个约摸的雏形。"

"那么,要我家小姐演个什么角色呢?"

"大体上便是青楼卖唱的一小角儿,渐渐红了,其后因所遇非人,又陨落的这么一桩故事。"

"这角色不吉利,想怕是我家小姐不会接的。"

"为什么啊?这角色冷小姐不陌生,难度也不大。"

"您也知道,我家小姐是唱戏的。隔行如隔山,您这赶时髦拍电影的事,我家小姐怕是不大会沾边的,这要拍好了自然是好,但这若是拍不好,那不是搬起石头砸自己的脚么。更何况这花衣柳巷的角色,时下,我家小姐怕是有所忌讳的。"

魏豪生这边厢沉默下来,笑笑,心说真是聪狡的女子。

登时,燕儿向着魏豪生走近了一步,不知不觉眉眼里多含了几分暧昧味道,细声媚笑道:"魏老板,要不……您看看这戏由我去演,可以不可以?"

魏豪生一闻言,起先一惊,这话不轻不重的,似玩笑又不似玩笑。但聪明人都明白,任何玩笑背后都是有几分认真意味的。

魏豪生心说,这丫头不简单。其后又定睛端详起这个口吐莲花八面玲珑的丫头片子来。只见她二十上下年纪,眼大浓眉,皮嫩肤白,那肌肤有如五月的初荷,秋晨的朝露,倒是比冷冰显得要更水灵些——毕竟是年轻。只是少了些冷冰拿捏得当的媚态和韵味,虽谈不上赏心,但起码也是悦目了,尤其是她那傲立的双峰，挑逗魅惑的眼神语气，一时让魏豪生有欲火焚身之态势。

"你啊？不错是不错，但……"魏豪生故作犹豫，她是人是鬼，此话是玩笑不是玩笑，先应承着，按兵不动总不会错——情场老鬼的推拿，魏豪生比谁也不差。

尚不等魏豪生把下面的话说将下去，燕儿便已摇摇曳曳近身过来，双手搭在了魏豪生胸前，顺势理了理魏豪生的领口："魏老板，但什么但啊？只要您一句话，燕儿什么都……可以答应您，什么都……可以给您，只要您让我来演这戏，燕儿的一切就都是您的了。"燕儿故意将这话说得且慢且长且柔媚，柔媚得几乎可以将任何男人的骨头都酥掉。

她这是真要抢她主子的戏！

魏豪生这色胚也管不了她到底认真不认真。她既然有这胆抢下这碗饭，就必定做好了代价的盘算。更何况他这一时，还真受不了这玲珑女子的温柔攻势，当即就势将燕儿搂入怀中，又是亲又是摸的。

"魏老板别急呀，咱们话还没说定呢？"燕儿娇俏，将其推开。

"好好好，由你来演，由你来演便是。"魏豪生说着便又笼身过来，满身的欲火烧得他是备受煎熬。

"瞧你那猴急模样！当心让人瞧见，矮了你的身分！"燕儿一脸娇嗔，"你先去街头的云来饭店，我随后就到。"

冷冰在台上咿咿呀呀唱着戏，半段过后，出得台来，于帘后候场的间隙瞥见魏豪生猴急似的火急火燎和燕儿一前一后出了剧院。

瞧见此景,冷冰嘴角极轻微、极轻微地一挑,眼中又有说不清的悲漠。心下暗说,跟她娘一样的贱东西。

舞台上正是精彩打斗戏,看客们"哗哗哗"掌声似潮。

二

二人一番风雨事毕,魏豪生累极,话不多说便困过去。燕儿躺在魏豪生近旁,眼里噙满了泪,戚戚哀哀,一阵梨花带雨。

别看在化妆间里,燕儿一副轻贱作态,嘴上舌灿莲花功夫了得,实则还是个处子之身。这次,她是吃了秤砣铁了心,对自己是真下了狠手的。她真是受够了在这同父异母的阿姊屋檐下做人。

旅馆中,当魏豪生急不可耐地褪去燕儿衣物时,她硬是不争气地紧张得直发抖,浑身抖如筛米的簸箕。

魏豪生停下动作来,狐疑地盘问她:"难道……你还是个雏儿?"

闻言,燕儿别过脸去一语不发,身子抖得更厉害了。

魏豪生见状,心中好不欢喜。方才还是嘴上搅风弄云的狐媚妖精,现在倒变就个不懂人事的黄毛小丫头了,这一前一后的变化,着实叫魏豪生兴致大发。

在这梨园行当里,女戏子本就不多,十四五岁的学徒小妹的初夜经常不是给师父鸡鸣狗盗地夺了去，就是被年长些的师兄循循善诱地骗走了，这未经床笫之欢、保有处子之身的着实是难寻一二。魏豪生寻珠猎艳这些年，下至十四五岁的青春豆蔻，上至四十有余的过气女戏子，总算是又叫他魏豪生撞上个冰清玉洁的。

头次沾染处子之身，已是二十多年前的事情了。彼时是与一个在租界里卖唱的三线歌女，歌女放浪形骸，行事过程简直叫他欲仙欲死美不胜收。其后又有一次，花了重金向一个嗜赌老倌的大女儿买春，但小女子极不配合，捶打咬掐吐口水无所不用其极。最终得逞是得逞了，但魏豪生身上已是姹紫嫣红，没有丝毫愉悦享受，倒像是受难。而翌日，便听闻这小女子吊颈身亡的消息。事发当晚，小女子的赌鬼父亲便死皮赖脸地前来哭丧勒索，他又散了一大笔钱财方才了事。

那些时日，魏豪生夜夜不得眠，总觉得小女子的魂魄无所不在，骇得他好长时日都不敢走夜路，不敢近女色。后又散财请道士来驱邪请福，此事才渐渐过去。

其后，他便暗暗觉得，良家妇人到底会守着些不值钱的贞洁脸面，还是戏子歌女放得开，事毕也无那些乱七八糟的烦心事，便一直乐得混迹名利场，或是直接进窑子，挥金如土寻欢作乐。

只是这处子之身，真真是好久好久不曾碰到了。那三线歌女的床帏绝活，其情其景回想起来都叫他莫名地亢奋。

往事不堪回味，惜取眼前人。魏豪生振作了精神，犹似见着稀世珍宝，对燕儿温柔有加，扶着她的肩，径直将她往床上带,哄她:"燕儿,来,别紧张,咱们慢慢来。今夜过后,你就是正儿八经的角儿了。"

燕儿不吭声,只是泪汪汪地点头,怯步与他去。

魏豪生方急不可耐地进入燕儿身体,她便感觉一阵天旋地转的疼,疼得她咬白了嘴唇也不敢声张,生怕魏豪生一时不快出尔反尔。

魏豪生兴奋而粗鲁地在她的身体里进进出出,有那么些时刻,燕儿恨不得咬断舌头,就此了断往生罢了。好在魏豪生体力不济,不多时,便觉一股奔涌热流淌进自己的下体。魏豪生犹如癫痫病发作似的抽搐了几下,便倒伏在她身上,喘着粗气,叹道:"老了,真老了。"说着便侧身过去,闭了眼,多余的一句话都没有。

时下,燕儿亦是连搭腔说话的力气都不再有,只觉得下体被撕裂般火辣辣地疼。伸手探上去,见了红,心中一阵寒凉。她就莫名了,也不是什么快活事,为什么这样多人对此趋之若鹜乐此不疲。

魏豪生困过去后,她越想越觉得委屈,便咬着嘴唇落了泪,连哭泣也不敢声张。这个中滋味,复杂难堪,不可名状。

她明白,此夜过后,她更是没有回头路了。

三

天津城的十一月,风黑月高,寒露危重,天气肃杀得厉害。仿似还起了雾,薄薄的一层,没轻没重地荡在空气里,来来回回，惹得人心下额外多了几分凉意。

夜半，冷冰下了戏台，打发了车大，兀自买了些钱纸，蹲在街角烧给阿母，一壁烧，一壁生悲落泪。那些落成灰烬的纸片，被苍苍茫茫的寒风一吹，在空中散成一只只白蝴蝶，白蝴蝶渐渐地拼凑成阿母的脸。冷冰一时心中又哀痛难忍，时下已下了戏台，她也就再顾不上妆花或是不花了，任由眼泪胡淌，泪儿滑落下来糊在脸上便是一条黢黑鬼魅的毛毛虫，姿态扭捏地趴在她的娇娇玉颜上，形容难看诡异至极。

她一面烧，嘴上还一面哭念相思之苦，哭阿母在世时的如意不如意，哭自己在这梨园行当里的顺心不顺心。路过的少许行人，也无人认出这是当红的戏子，全都像撞见了野鬼似的唯恐避之不及。

烧完纸，竟自走在长街上，万千感念无人说，心下是再悲凉不过的。方才蹲在火堆前倒不觉得冷，这才片刻工夫，长街的冷风一吹，便灌得她身子骨由内而外阵阵地发凉。貂皮大衣不顶事，遮得住身子遮不住脚，脚踝骨冻得她瑟瑟地抖起来。

时下，她多想要一枚宽大的拥抱——阿母的，或是梁秋声的，都行。

可一个也没有。

她陡然想极了秋声。

冷冰想他时，便总想起此生初初逢到他时的情形。那亦是一个深秋的寒夜，天津城里一如既往的灯火恢宏，活色生香，纷扰嘈杂。冷冰一如既往在戏台上咿咿呀呀唱着戏。那晚唱的是《贵妃醉酒》。

　　一阵清脆急促的板鼓声响，她便登了台。一个亮相，她便是那三千粉黛无颜色、回眸一笑百媚生的杨玉环。她唱的是声声含情，句句带泪，如泣如诉……入了戏，她就真成了那坐拥风华的杨玉环，杨玉环也就是这孤苦无依的她。

　　　　独坐皇宫有数年，圣驾宠爱我占先。宫中冷落多寂寞，辜负嫦娥独自眠。妾乃杨玉环，蒙主宠爱，钦点贵妃，这且不言。昨日圣上命我往百花亭大摆筵宴。吓，高、裴二卿摆驾！

　　一段念白下来，却在下一个转身，撞见了一位新客。
　　呵！好不俊俏的一张面孔！只见这英挺男子一身考究孔雀蓝西装，领口别着精致的方巾，油头俊面，丰神清逸。这模子裹在一群寡衣素服的大爷堆里，显得格外打眼。
　　又一个转身，冷冰忍不住又偷闲探看他两眼。脸孔瘦削，鼻梁亦是高挺，眉间的英气逼人眼目，宛若玉山照人，这明显就是造物主偏心造出的模子！只见他坐于台下首排正中，摇头晃脑，一副沉浸的模样，看来是个好戏的年轻票友了。
　　冷冰的心不由自主飞出去。俊俏小生她见得多了，比他俊的俏的，也并非不曾逢见过，却不知为何独独对他留了心。
　　冷冰在台上唱得是心猿意马，好歹平安无事将戏唱罢，方下台来，心中便涌起一股强烈预感，他会来找她。
　　果不其然，女人的直觉向来都准得要命。不多时，一个陌生声音便闯进了后台化妆间："麻烦请问，冷小姐在吗？"

是寒冬暖阳照高林一般的声音，端正又温尔。

燕儿在门口将他上下打量一番，见不像酒色闹事之徒，便放了他进来。

冷冰正卸妆，听闻他脚步声渐近，不由得背也挺得老直。

"冷小姐，您好！早有耳闻您的戏好，今日得见，果不虚传。您唱得动情极了。"梁秋声递上一束鲜丽百合。百合上尚还撒着些水珠，晶莹闪烁的，好不鲜活。

想必他是打听过的，冷冰好百合。

此前，已有好长一段时日，日日有人送一束百合来，也不具姓名。但不知为何，唯独今日没有。冷冰几番追询，燕儿说花童也不知哪位先生送的，只说那先生一身笔挺西装，长得英俊倜傥，出手也阔绰。

冷冰细细一打量，心下便知，这日日送花之人，该是他了，心下不觉又添了些微羞赧欢喜。

"谢谢！先生过誉了。还不知先生贵姓。"冷冰脸额微红，如晓日芙蕖，那眉眼中的羞赧就又添了几分。她轻轻一欠身，接过百合，颔首一嗅，转身放至台面，面色是愉悦的。

"噢，噢，该死！都忘了introduce myself。"他拍拍脑袋，一副懊恼模样。

是英文。此下，该轮到冷冰懊恼了。她竟自歪着头，额眉微皱，细笑看着他。天津城鱼龙混杂，租界也多。这几年，台前幕后酒局舞会上上下下，倒是见了好些外国人，前前后后能听懂会意的也就只有"哈露"和"好啊油"这两句，梁秋声这句七弯八拐的洋腔倒着实难为她了。

梁秋声又拍拍脑袋，可爱天真，伸出手："不好意思，刚回国没几天，尚未适应过来。鄙人姓梁，名秋声。"

原是天津城有名的梁府三公子。前些年，他的风流气象也是有所耳闻的。冷冰心里禁不住一沉，想来也是与寻常豪门公子哥别无二致的，不过是假借听戏之名附庸风雅，实则别有所指寻花问柳来着。冷冰向来为此类有恃无恐的色胚所不耻，但明面上总还得照应圆满些。

"梁少爷好。"手伸将出去。

秋声轻轻一握冷冰指尖，牵起来，假式地一吻，旋即放下。这是英伦绅士的老旧做派了。

两人一时无话可说，气氛有些微尴尬。

秋声又摸摸后脑袋，有些手足无措似的，模样天真似孩童。

这一摸，倒把冷冰逗笑了。

秋声更窘："那……冷小姐。改日再来听您唱戏。这深秋寒夜，湿气重，回身出门时多添件衣。在下先告辞，来日再见。"说罢，便逃也似的踅出了化妆间。

冷冰又忍不住一笑。他这一前一后语气里的三分温柔六分关切，以及那一分的羞涩不可说，是不同那些粗鄙阔少一进后台初次谋面张口就是要不要出去吃吃饭，散散步……模样冠冕猥琐得让人恶心的。

而这个梁秋声不然，好长时日不见其人只见其花，多浪漫的桥段——人世上，又有哪个女人不喜欢浪漫？且看梁少听戏的模样，是真心要听她的戏的。冷冰心下便又觉他该是与寻常公子并不一样的。

此后，梁秋声便夜夜来听冷冰的戏，时常晚上没排冷冰的戏，他坐不了片刻便离席走掉。有冷冰的唱段时，逢唱必有花，回回都是百合，不曾间断。

台前幕后的师兄弟们都调笑冷冰，倒是遇到个真主了。

久而久之，这二人便开始约着吃饭、逛花园、游山水，或是寻些雅致的咖啡馆，闲坐一下午……他给她聊英国的逸闻趣事，她高兴时也捡着些坐科练功时的掌故与他说。

此后，他们的感情一路顺风顺水，相处也甚是欢乐愉快。

但这如壁花照月的二人，相逢相知之间，也并不是没有闹过矛盾的。

来年春天，冷冰在戏坊中早有耳闻，近些时日，梁秋声在与自己来往之间，还三不五时地与一位姓沈的世家小姐纠缠不清。冷冰向来懂得，人世间的七成误会都始于流言，而流言止于智者。她从来都只相信自己的眼睛。别人的眼睛、嘴巴，以及自己的耳朵都不及自己的眼睛一半的踏实可靠。

所以，当冷冰搭车过塔子湖，冷不丁见到一个似花如玉的小姐挽着梁秋声的臂弯，一副玉颜渐展时，她没有愤怒，只冷冷一笑，心底里狠狠地嘲弄了自己一番。

此番倒是真眼见为实了，该死心了罢……呵，一个戏子，竟异想天开妄想得到一个世家公子的真感情，真是愚不可及！

其后，冷冰在台上唱戏时，对坐于台下的梁秋声视若无睹置若罔闻。唱戏的拦不住买票的，她尽管唱自己的，唱罢下台收工回家，概不见客。梁秋声再来寻她，她都称病不见，送来的百合也原封不动遣送回去。为了躲他，她丢了曲意逢迎，丢了八面玲珑，做了回真正的冷小姐，冷若冰霜不近人情的冷小姐。

梁秋声如堕云雾不知其故。台前幕后家门口，吃了几回闭门羹，他便觉得他们之间该有误会了。

这一日，梁秋声没去看戏。冷冰在台上唱时，一眼瞥过去，果不见其人，心下不知为何就咯噔空了一块，一不小心连唱调都漏了半拍。下至台来，也不闻敲门声，亦不见花童送花过来，她竟茫茫然有些怅然若失，于是悻悻然命燕儿收拾行装，打道回府。

此前也不乏痴心人追她，也是百般呵护万般宠爱的，尽管此后那些公子富商爱而不得，不见了热情，她也不以为然，只道是寻常。为何此番覆辙重蹈，竟这样搅动心性了呢，她不禁觉得这样的自己可怜，硬是给自己打足了气，挺直了脊梁往家里去。

不想，人力车方拉至家门口，黑暗处便闪出一道人影，拦住了去路。

是秋声。一撞见他的脸，她的心虽是窃喜的，但脸上还得装出没事人模样。只怕她当时还不知，面若冰霜，内心火热——便是爱了。

只见秋声的脸一半沉在黑幕里，一半浸在黄澄澄的路灯下，显得深情又疲惫。冬寒料峭，他的唇亦冻得些许乌青。

"冰儿，你为何百般躲我？"连说出的话，都有些微抖，想是等了许久了。

"梁先生何必多问，你我不过逢场作戏，何苦事事认真？"这话是说给自己听的罢。

"逢场作戏？你说，你与我是逢场作戏？"他一对灵目，不觉都急成兔眼了。

冷冰从车上走将下来，付了银钱，打发了车夫，又叫燕儿先回了屋。旋即转身，站定在梁秋声面前。梁秋声看着她，等着她发言。

冷冰嘴角冷冷一提，不快道："梁先生，怕是您误会了，我一介戏子，哪有资格，是我与你这有钱有势的世家公子逢场作戏？"

梁秋声愠怒："冰儿，你莫要摆出这副神情。这副口气，不好看，也不好听。我不喜欢。"

"不喜欢看就莫要看，不喜欢听就莫要听。在你们这些世家公子眼中，我等女子如粗衣麻布，初初觉得新鲜，穿在身上好不欢喜，时日一久，觉得硌得慌，浑身不自在，不喜欢了便到绸缎庄里再换一件绫罗布匹便是了，于你们并不吃亏的。"

"冰儿，你我之间一定有什么误会！"

"误会？认识你才是误会，一心以为你认了真才是误会！"

"我待你是认真的啊！"秋声更急了。

"够了，梁少爷，有些事，看破不说破。有些话点到即止，说破也就没意思了。我们这些戏子，没钱没势，但尊严脸面还是要些的。我话已至此，也别无他言。梁少爷请回吧，莫要再来叨扰我，便好。"

冷冰说着便转身进屋，心下松了一口气——结束了，都结束了。

"苏凤！你给我站住。"陡然，梁秋声一声暴喝。

冷冰站定在门口，一脸的心灰意冷，她又暗自提醒自己要撑住，这最后的尊严得守住。她冷着眼回过身来，一副冰冷作态，望着他。

"什么脸面不脸面，什么看破不说破！今日，我就要你说破，我死也要死个明白！"梁秋声一脸的不解，一心的愤怒。

"好！"冷冰又自台阶上施施然走将下来，"我今儿个就卷起帘来，跟你唱个清清楚楚，也让你死个明明白白！"

"我冷冰虽为戏子，但在二人感情上，决不允许有另一人出现，连半个都不行。我问你，在你与我来往之间，你可曾一脚踩天，一脚踏地？"

"不曾有！"掷地有声。

"那日塔子湖与你携手同游的女子又是谁？"冷冰咄咄相逼。

梁秋声闻言，回想半晌，竟自"扑哧"一声，一时没忍住，笑得弯下腰去。

原是这样啊。他悬着的心算是放下了。

这回换作冷冰不解了，方才的嚣张气焰，撞见他的大笑，不禁气焰全无。她又不好拉下脸面作询问，只巴巴地看着梁秋声，待他笑完，自行解释。

梁秋声五内欢腾喜上眉梢，仍在笑。

"笑完没有？若没有，小女子累了，先告辞。"语气较之前，已是柔和了千倍万倍的。

梁秋声起身，拉起冷冰的手，陡然严肃起来，郑重其事地说道："冷小姐，那是我的大房太太，她死了好些年了，这些年，她的鬼魂一直跟着我，那日你看到的便是她的魂魄。"

冷冰抽出手来，打他："休得胡诌！你们男人最拿手的就是胡诌！"

"你们女人最拿手的就是胡想。"秋声一把捉住她的手，一揽入怀，冰释前嫌。

"你们还擅长胡来！"冷冰娇俏，从他怀里挣脱出来。

"好了好了，我投降！斗嘴斗不过你。"梁秋声举起双手来，"不与你调笑了。那个啊，是我远房表妹，名唤沈素之，是京城出了名的泼皮大小姐，打小我们便相熟，喜欢缠着我。小时候，姑父原打算是将她许配给我的，以便亲上加亲，但长大分别后，不想这丫头竟早已心有所属，弃我而去。此次前来，便是邀我们去吃她的喜酒的。"说着便又笑起来。

冷冰傻乎乎地低着头，不作声，完全失了方才咄咄逼人的嚣张气焰，又似是落了泪——是这几日委屈的。

——原来，自己的眼睛也并不是百分百可靠的。

但终归，心下的结算是解开了。

"你吃醋了是不是？你吃醋了是不是？"梁秋声弯下身子来瞅她的眼睛，直欢笑着打趣她。

登时，冷冰破涕为笑，小拳头直在秋声身上敲。其实冷冰也不知自己骨子里竟亦是有这副小女子的娇嗔作态的。

梁秋声再一把将她拉入怀中抱着,轻声细语如春雨润叶,在她耳边道:"凤儿,咱们以后再不要互相猜忌,再不要闹冷战,咱们仔仔细细做一对神仙眷侣,好不好?"

这声"凤儿",她是好久好久没有听到了罢。

这情话,真醉人,让她顷刻想就此向跟前的这个人交代了余生。

渐渐地,自梁秋声不再叫她"冷小姐"或"冰儿",而是唤她"凤儿"后,冷冰的心便全数交给了秋声。

即便师父曾三番五次训诫,一日为戏子,就莫要在凡人身上动了真感情。戏子就是戏子,戏子只有戏,感情也只能给戏,给了旁的,那一生就没戏了。他还说,戏子命贱,不配有感情,这就是戏子的命!

但冷冰真顾不上了,她做戏的时间太长了,她累了。她只想要一个男人,疼她爱她的男人,别的她什么都可以不要。

她和秋声在一起后,秋声是全心全意待她,百般宠,千般疼。自那场误会过后,这二人的日子便也算过得相安无事了。她照常唱她的戏,他照常来听她唱戏。月下花前,东风伴流水。直到前些时日,秋声与梁家说,要与她成婚……

成婚?

一想至此,她心里不禁又冷了半截,泪不自觉地又涌上来。

真该死!我本不该是这般伤感模样。

冷冰六神无主地在这条宽大的梧桐道上游走,过了日租界的地儿，再往前走，走得没了路，抬头才发觉，这是到了梁家大院的门口了。

登时，正巧撞见了方出得门来的管家周长青。

周管家长得瘦小干练，三十四五的年纪，却生就一张市侩老脸。一对冒精光的细小眼睛，一副薄嘴唇，一眼便知是个精明人。

周长青幼年丧母，长至十岁时，父亲陡患疟疾也去了。此后，他便寄居于京城小叔姨娘家，小叔家经商，有钱有势。少年时，他跟着自己堂弟堂妹断断续续接受了些杂七杂八的西洋教育。他善计算，也有些语言天赋，尤擅日文。可惜家境不许，其后又因年少心气高，不愿寄人篱下，自十五岁便由叔父家里出来，独自打拼，辗转到梁府做管家，至今日已是六年有余。

周管家嘴巴严实，他自个儿的前尘细故，他都讳莫如深的，除了梁老爷知道他些底细，其他的人，对他更是知之甚少。

他行事麻利，记性也好，眼睛亦是尖亮的，为人场面上更是照顾得热络周全——做管家的，若没这些个本领，跟挑水劈柴的伙计又有什么差别？

"唉，这不是冷小姐吗？"是周管家先看见冷冰的。

冷冰闻言，立刻避身提手拭泪："啊，是周师傅啊……"光听声音，也能听出嘴上是挂着笑的。

"您可别再叫我师傅了，听着叫人笑话。您叫我老周，或是管家都行，就是别叫师傅了。"

冷冰回过头来，欠身笑笑。

"您这是来找我家三公子的吗？"

"不不，我这方下了戏台，想着散散心，不知怎地就到这了。"

周管家笑。

"冷小姐，方才似乎是哭了罢，不知是遇着什么伤心事儿了？"周管家试探性地问了问，原也是没想要着答案的。

"没，没什么。"冷冰答毕，又问："不知周管家您这么晚出来，所为何事啊？"

"噢，您不说我还忘了，我这是要去给老太太抓药呢。老太太这些时候身子骨眼见着一天天消瘦下去，进食不下，大半夜又总咳个不停，有时气也提不上来，看了好些大夫也瞧不出所以然来，便只能捡些不温不火的补药试试。"

"前些时日，还听说老太太能下床走动，现下这么严重了吗？"

"是啊。年纪上来，病来如山倒。府里的烂嘴的婆子们私下里都烂舌头，说老太太怕是腊月底，看农历，没日子了。大夫私下里也说，怕是撑不到年头了。"周管家说这话时，声音也不自觉小了——世人皆如此，尽只能捡好话听，歹话无论听起来、说起来都得躲着些。

冷冰皱了皱眉，这么大的事可从未听秋声说起过。

"我也不跟您说了，得赶紧去捡药去，可不能让大夫们等急了，耽误了老太太的病情。若您不进去，回头我跟三少爷招呼声，说您来过了便是。"周管家一语未罢便急忙要走的模样。

"别。您别说。"回头来，又得花工夫解释，麻烦。"抓药这么小的事，干吗不叫下人去做，这天又黑又冷的，还劳烦您亲自跑一趟？"冷冰将话头又扔了回去。

"小的们去，怕不妥当。"周管家也不犹豫，信口捡来便答。"不跟您多说了，我得先去了。您早点回家歇着，这天怪冷的，又黑灯瞎火，这世道也不怎么太平，要不，我进门差个伙计将您送回府上？"

"不不不，不劳烦了。我自个儿幽游回去就好，不费事的。"

"那您自己个儿当心些。"

他笑了笑，言罢便急忙忙奔进了夜色里。

"行。您路上也注意周全。"冷冰嘴上招呼着，心里却比谁都明白，什么怕小的们去不妥当，分明是有油水可捞，怎可让他人分了田地去。

这偌大梁府，上上下下的，谁还没藏点小心思。

冷冰想着，若日后真嫁进了这梁家，怕是越发得夹着尾巴做人了，光是两个嫂子便不好对付，还有梁老爷、梁夫人以及一个与自己大不了多少的三姨太都得处处提防着，那梁府上上下下几十双眼睛，数十张嘴也不是吃软饭的。

想着，也真叫人颓然。

四

这一夜,长风四起,秋寒浸骨,夜梦深重。

冷冰做了一夜的梦,一重接着一重。

梦见了阿母,在悬崖口,欲跳非跳,她的背影绝望不止,头发飘飞,疾声唤她,她缓缓回过头来却还是头发,骇得冷冰一阵惊声尖叫。

后又梦见燕儿和梁秋声在床上抚摸亲热,她就在房内,但无论如何她就是近身不得,亦发不出声音,整个人好似被摁进了水池子里,无力得紧。

还有一个梦是在寒冬时节,梁秋声在梁府的天井院子里,自腰间抽出皮带来抽打她,边抽还边骂她"臭婊子",她厉声尖叫着四处躲,躲闪之间,不慎折了花草,落了一地的红。而老太太就穿一身黑站在回廊里,一个劲地笑,笑容似鬼魅,直骇人心魄。

最后临近天明,她又梦到两个疯子,头发散乱,坐在天桥下,嘴里不停地碎碎念着,完了,全完了,但她就是看不清那两个疯子的正脸,只觉得他们的侧影很熟悉,但无论如何又想不起是谁……

终于,几重梦断,天明长夜尽。冷冰挣扎着从睡梦中醒来,坐起,一身的汗。一阵接着一阵的心悸。这些梦,太耗神。冷冰累极,像与鬼缠斗了一夜,浑身毫无力气。

时下,窗外天已微亮。楼下市井一片闹哄哄。

汽车牛车人力车,卖菜的卖花的卖艺的,全挤在一堆,硬是拼出个太平盛世昌盛的模样来。

冷冰有气无力地招来贴身丫头杜鹃,问她燕儿回来没。

"尚未见到燕儿姑娘回来。"

"等她回来,让她来见我。"

"是。"

"楼下恁地这么吵,发生了什么事?"她揉着额头问。

"听说是梁家的老太太去了。"

冷冰心头一愣登,方才还在梦里邪魅地笑着,怎么醒来就去了。这一梦,却像是诀别。真真是世事无常,生死有命。冷冰陡然就觉到一股子寒气从脚底升腾起来,她空虚地招呼杜鹃给炭盆里再添些炭,又唤她取药酒过来。

她抹了药酒,定了定神,又胡乱想了些有的没的。其后又想到秋声当前应该难过得要命,不禁有些担心起他的心情来。

他们梁家三兄弟里,就数他长得最俊朗,打小老太太也最疼他不过,好吃的好玩的,亲戚拎上来的土特产、从洋人手中盘来的舶来品,洋玩意儿什么的,也都惦记着他。在全家都不支持他和冷冰成婚时,唯有老太太一语镇压了所有鸡鸣狗叫,应允他们年后便成婚。可不想,这老太太一声招呼都没,一蹬腿便去了西方极乐。

这漫漫的一生,不可测。生老病死,原是在命里注定了的。

——但冷冰是不信命的。

她陡然又想起了自己年幼时,约摸十岁年纪,阿母带她到集市里瞧新鲜,撞见一个半瞎不瞎的老头在街边练摊算命。只见那老头花白胡子下挂着一记洞穿天机的似笑非笑。阿母陡然中邪了似的，二话不说便拉着冷冰——噢，不，是苏凤，她那时还是苏凤——坐下，毕恭毕敬请先生算一卦。

只见那仙风道骨的老头，掏出一盒竹似的蓍，叫苏凤抽。

苏凤挑挑拣拣抽罢，阿母忙递过去，关切地问，老先生，我这孩子命如何？

这半瞎老头废了好大劲翻着眼瞧了瞧，笑道，命硬着呢，长命百岁。

阿母便舒下心来。

老头又皱眉，缓缓道，别急，但小姐命途多舛，情路不顺，晚景颇为凄凉。

闻言，阿母碎碎骂两声，丢了几枚铜板便气哄哄抱着苏凤头也不回地走掉……

也是在算命过后不多时，阿母就陡然暴病而亡，其后苏凤惨遭燕儿阿母设计，不得不离家自谋生路，拜师学艺，方至今日境地。

一想到这，她的心冷不丁又空了一块。

儿时多遥远，此生多磨折。

登时，杜鹃端了洗脸水进来，问她是否要起来梳妆。

忽而，她又头昏起来，想是昨晚夜行着了凉，又一夜多梦，甚感疲倦，遂打发了杜鹃，灭了起床之意，将被子掩了又掩，睡将过去。

燕儿回来，已是午后时分，天上惨测测地飘着黑云，屋外妖风四起，扑棱棱敲着屋窗，似有大雪在即。

冷冰披着金毛狐皮大氅，坐立床头，手中端着杜鹃送来的参汤药。

"燕儿，魏老板要与我谈什么生意？"

"魏老板与我周旋两句，也未曾与我说出口。想是只能和阿姊谈的商业机密了。"

回行之前，燕儿早想好对策，言多必失，多说多错还不如不说。

冷冰直勾勾望着她，不说话，眼神里渐渐地渗出寒气来。

燕儿亦不回避，憋足了劲，回望着冷冰。

这片刻的对视，彼此都耗费了好些气力。这对望像是两军交战的对峙，又像是弓箭手屏气凝神拉满了的箭弦。

不多时，冷冰便挑眉笑说："好，我知道了，你先休息去吧。折腾了一宿，瞧你也怪累的。"

箭弦松了。

这话听起来不痛不痒，却又藏着机锋，燕儿不糊涂，不会听不出，自然亦不会作答，只笑笑，转身沉着脸退将出去，松了口气。

冷冰见燕儿退出时，两腿微微撒开，与平日里有异。冷冰心下便明了那色胚魏豪生该是得手了——或是说，她燕儿得手了。

傍晚时分，果不其然下了雪。今年的初雪下得好不粗犷，大剌剌的，像是给梁老太撒冥钱似的，一大片、一大片地往下坠。

梁秋声不管不顾冲进冷冰闺房，惹得杜鹃一惊。

冷冰正梳妆，预备赴今晚的戏。

秋声站立不言，冷冰唤退了杜鹃。只见秋声两眼肿得似灯泡——是哭过的。男儿有泪不轻弹，想必秋声是真的难过，真的不舍。

冷冰起身扫他肩上的雪，又抚他的脸，冻红的鼻头，眼神是再哀戚不过的。她心疼秋声如生命，连着声音也透着心痛："这段时日，为阿祖的事忙前忙后，难为你了。但这么大的事，你为何未曾知会我个一言半语？"

"凤儿，我只是不想让你担心。"秋声抬手握住冷冰的纤纤玉手，热切地望着她，"你可愿为我舍弃前程，不再出入戏子世界？"

连声音也哑了——声音再哑，可他唤她"凤儿"还是动听的。

现如今，这花花世上，只有他唤她"凤儿"，也只能是他有资格唤她"凤儿"。这万千世界，只在他跟前，她才是扶风女子苏凤，在其余的任何人面前，她都是冷面戏子冷小姐。

"秋声，你知我对你情深，又何必多此一问。"

"好。"眼神是无限的笃定。一辈子就她了。

"阿祖落气前，意志清明，便招来了父亲姨娘和哥嫂，命你我二人年后成婚，任谁都不得阻挠……"秋声说着便又哀起来。

苏凤心头一阵感激。想到她与这老人仅有一面之缘，不知是出于对孙儿的过分宠爱，还是真真喜欢她的模样作态，却如此厚待于她，不嫌她花衣柳巷出身风流，倒还三番五次在筵席上嘱托秋声好生待她。苏凤一时亦把持不住，落下泪来。

二人相顾无言，唯有泪千行。

"那三日后，阿祖出殡，你就来。"二人一块又哀了一阵，痛定思痛，秋声揩了泪，又替苏凤拭去，哑声道。

苏凤点头，靠在他胸口，像靠着余生的安慰。

"不过，这两日的戏，我得唱下去，也算个善始善终，给林老板个交代，亦是给自己个交代。你可会阻挠我？"

"你去便是了。"秋声心性开阔，也明事理，此事在他们之间起不了争执。

苏凤心中一暖，将秋声送出门去。回身收拾了些细故，唤了燕儿往戏院赶……

冷冰最后登台唱戏的那几日，恰逢大雪袭城，戏院的生意不景气。

那日，冷冰应了秋声退出戏子世界的当晚，便与林老板打了招呼，说唱满三日便金盆洗手，封嗓作罢。林老板追寻缘由，冷冰巧笑不言，林老板心知不便问将下去，心底大概也是了然个七八分的。

见状，林老板仍客气挽留："冷小姐，您唱得好，若是突然就这么不唱了，怕是没人能胜任您这角儿啊。"

"林老板，这您可就误会了。这戏子世界，您看得不比我少。这台上台下，有多少人虎视眈眈盯着我这位置，又有多少人朝思暮想盼望着我横死街头,您不是不知道。"

"但是票友们是认角的啊。"

"江山代有才人出。这世上,没了谁,太阳还是照样东升西落。冬去了,春便来了。况且,这世人啊,没有哪个是不喜欢新鲜的,都说'妻不如妾,妾不如偷',票友和嫖客其实都没差的,捧高踩低,喜新厌旧。话说回来,即使有那么一小撮票友念旧,这不后边儿还有个'偷不如偷不到'吗,所以啊,适时离场,给人留些念想,方是明智之举。您说是吗,林老板?"

几年合作相处下来,林老板明白冷冰的冷。性子里悲观的人,看世界也总都看得清楚些。冷冰性格里的悲,他是懂的;她的聪明,他也是明白的——所以他默然,再不出一言。

翌日,林老板便对外打出了冷冰告别演出的戏牌……

告别演出这晚,冷冰在房间里细致地梳妆。

戏院外仍旧飘飘然,一个劲地落着雪。暮色方合,商铺楼市的灯就都齐刷刷地燃起来,拉车的、武行闹事的、手挽手逛街的世家小姐们、赶场赴宴的舞女太太们、河边偷偷摸摸调情嬉戏的情侣们、街上跑跳玩闹的半大孩子们,还有叫卖的、做着简单营生的,皆是一副过节的喜庆模样……

这世间,橙黄橘绿,热热闹闹,灯光酒色,一片恢宏。它从不曾因一个人的离去,而黯然失色半分,它该怎样还是怎样,它笑春风,它水自流。

——这些,冷冰都明白的。

冷冰坐在黄包车上，经西桥，过望仙楼，再穿过护城河，河对岸便是天津城最有名的长丰戏院了。冷冰隔着河，望着戏院旧楼，心中感怀万千。谁承想，她在这戏院一唱，转眼就是五载岁月。从前，艰难时刻也曾想过弃了戏台子，做个寻常百姓，过踏实日子。可如今，倒真是最后一唱了，心下却莫名有些怅然。

不多时，过了河便到了戏场。车夫停下车来半晌，冷冰才回过神来。下了车，付了钱，她竟自扫身上的雪，转眼又看见落在自己肩头长发的雪片。猛然间，又想起去年此时，也是这般大雪袭城，洋洋洒洒，她和梁秋声逛罢长街，在法国人开的玫瑰餐厅门口，秋声为她捡发梢上的雪，样子那样迫切认真。

回忆里尽是美。她不禁赧然一笑，心下又暖了几分，抱着汤婆子，转身进了戏场。

冷冰在后台，将那蟒袍上的凤穿牡丹绣纹、蓝色绲边的缎子、云肩、玉带、凤冠上的点翠、珍珠、大排穗样一寸寸摸过去，仿佛是摸着阿母留下的遗物似的，格外细致认真。

——她是舍不得的。

眼看着场上的武戏已经近了尾声，她来不及细想，又开始对镜拍腮红、定妆、涂胭脂、画眼圈、画眉毛、画嘴唇、勒头、贴片子、梳扎、插戴头面……样样做得细致，样样打点得都比从前更用心。

"今个，座上票友多少？"冷冰一壁描眉，一壁问候在一旁的燕儿。

"不到四成。"

"才这么些。"

"雪天里看客少了些许,掌声喝彩声也稀稀落落的,像怕是冻着,都不愿抽出手来。"

冷冰陡觉凄凉,自个儿的最后一场戏,竟只有寥寥无几的看客。看来林老板打的如意算盘,算是落了空。头牌也不叫座了——看来这戏园子生意不好做了。

几个武生下了台来,转场的间隙,场外堂子里陡然间涌进了好些老少爷们,将戏堂子坐了个满满当当。卖瓜子、卖茶水甘蔗的,连着戏场的堂倌,脸上瞬间都乐开了花。

冷冰的最后一场谢幕戏,因此也就热闹起来。

她不禁志得意满地笑了笑,对着镜子仔细又仔细地描了描眉。锣胡琴弦一响,就该登场了。这最后一场,她奋力地唱念,台下喝彩声不断往上翻。戏台上的她,脸上的表情分不清是喜是哀。这作别的戏,没有秋声捧场,她心头多多少少都是失落的。

她唱戏的间隙,看到台下中央坐着个白面小生,一身洁白西装,梳着大背头,生得亦是相当俊俏。一开始,她差点就以为是秋声百忙之中抽空过来了。细看之下,原来不是他,心中不免又失落一番。

再看,这小生又似是有些面善的,仿佛在哪见过似的。只见他听戏亦是听得入迷,身子骨板直,眼神亦是火热真切,看来亦是个年轻票友。

冷冰收心,一心一意扑在唱念对白上,撑完一场戏。台下看客掌声如雷,纷纷起立,大呼再来一段。盛情难却,见状,冷冰与几位琴师眉目交接,点头示意,又唱了一段《霸王别姬》。

待到咿咿呀呀唱罢,回到后台来时,好些烂漫花朵相迎,唯独一束百合,冷冰心头莫名涌上了一阵感动与心酸。秋声是真用心了,她一壁想着,一壁望着镜子落了泪。

唱了这些年的戏,总算到了该收场的时候了。

燕儿在其周身,不知其故,心下对其嗤之以鼻——名利双收,哭什么!脸上却堆着关切:"阿姊,你这又是为什么?金盆洗手,是喜事儿啊。"

此时,冷冰也不再推搪她的"阿姊",摇摇头道:"没什么。"

她的事,不足为外人道。她始终是把燕儿当外人的,自她十四五岁出家门,拜了师父自己谋生后,她就再无家人。若不是父亲临终前,拖着已经扬名立万的她,以将死之人的嘱托,将她们母女推托于己,她才懒得管这对母女。

"毕竟她是你小妹。"父亲说。

"那也不是打一个娘胎里出来的!"冷冰是真恨。

父亲无语地望着她良久,老泪悬在眼眶里,直到咽气才落下。

这边厢,冷冰在妆发间里伤心落泪,却有一男子在妆发间外徘徊了好些时候,后似下定了决心似的站定了片刻,伸出的手在门上将敲未敲,终了还是未进得门去,咬咬腮帮子,黯然离去。

当晚戏罢，到了后台，林老板说在望仙楼订了酒宴，请了戏班一众师兄弟，欲要大醉一场，为冷冰践行。冷冰感激不尽，念一首诗，只道："云涌月浮动，列缺山晦明。阴晴本无常，苦乐自随心。林老板知我向来不爱热闹排场，亦不胜酒力，更不爱离别场面上的三分真、七分假。这餐酒你们且吃好喝好，全算在我头上。今日奴家甚感疲累，望林老板见谅，咱们来日方长，待到一切安定下来，小女子再具鸡黍备酒菜，邀兄弟们一道推杯换盏话平常。"

　　林老板亦是通达之人，懂得冷冰言下之意。这几年合作也甚是愉快，他再作挽留，见冷冰去意已决，便也不再多言，只道了祝福，望她花好月圆。

　　临出门前，冷冰又欠身请林老板代为照顾燕儿，林老板亦知梁府家教森严，她这样一个戏班女子能进出梁府这样的豪门，已非易事，是断不能再拖家带口，更何况她与燕儿之事，他也知之一二，便委身应承下来，心下叹觉，这女子是真伶俐善良。

　　冷冰言谢，亦未曾与师兄弟们谋面道别，娓娓去也。

　　行车回至屋内，杜鹃递上一碗热茶，识趣地踅出门去。房内剩得冷冰与燕儿二人，一坐一立。前尘旧事，该算的算，该散的散。

　　冷冰坐定桌前，自腰间掏出好些钱票，放至桌上，对燕儿细数前尘："你我同姓苏，也算姐妹一场，从小我便事事让你。我阿母病亡，与你母亲脱不了干系。这些年，我藏藏掖掖，心中之恨与日俱增。后我被你阿母陷害出家，老父将我送与一个酒鬼杂技师傅，日日辛苦。幸得遇良师，才有今日前景。这些年，我只身在外，独自打拼，渐有起色。又听闻家道中落，几次于心不忍，暗中接济。其后父亲病重，若不是老父临终含泪所托，我绝不会过问你们母女半句死活。这两年，你在我近旁，也算用心用力。这些钱票，权当你这几年的差遣酬劳，你莫要嫌少。其实，你在我左右这两年，其中有多少次你居心叵测暗度陈仓，你我心知肚明。只不过有些事看破不说破，只愿你日后好自为之，防人之心不可无，但害人之心也是断不可有的。"

冷冰顿了顿，接着道："你若还想在这梨园行当里混口饭吃，明日去找林老板便是，他自会安排你活计，只是这圈子里鱼龙混杂，你自己事事当心，切莫急功近利因小失大。你这就去罢，我再不留你。至于我阿母之死，也并非你之过错。你我恩怨，也就此一笔勾销。日后莫来扰我，我再不是你阿姊，你也再不是我什么阿妹！"

这样长的一段话，犹似戏中念白，长时长日地积压于心，如今总算得以一清二白吐露出来，心中倒也真似是轻松释然不少。

——这话里话外，冷冰是绝了心，要断掉与这花花世界的任何牵连的。

燕儿闻言泪下，双膝跪地，问："阿姊，你这是做甚？"

冷冰道："不做甚。我要好模好样生活去。"

燕儿再要问，冷冰一副倦怠模样，伸手招呼她走。

燕儿切切起身，行至门口，又闻冷冰告诫："魏豪生风流成性，不是什么好东西，你最好明哲保身，离他远些。"

"有情饮水饱。"话已至此，也没有什么可遮遮掩掩的了，燕儿犟。

"有情饮水饱一时。再说魏豪生就不是个有情的东西！"

"没有情，有钱也行。"

冷冰被噎得没了话，燕儿也不作言语，悻悻然出去。

冷冰眉头一皱，心想这日后怕是有她苦头吃的了。

打断骨头连着筋。毕竟骨子里流着一半相同的血水，冷冰心里毕竟是有她燕儿一亩三分田地的。其后细细想来，燕儿的话也不无道理，魏豪生虽生性风流，若能真心待她，自然是幸事；若不能真心，只要能娶她回去做个妾，那也未尝不是一个好去处，最起码不至食不果腹衣不蔽体举目无亲。

说罢，冷冰长吁一口气，爱恨对错千斤顽石已落下。回身又照见镜中人，不觉又落了泪，泪仅两滴，拭干便没了。

柳暗花明。熬到头了。

这几日，她落了好些泪，好似将下半生的泪都预支了似的。

落泪叫人老，真不该！

屋外风声渐灭，这场雪，飘飘摇摇的，算是过去了。

第二章

一

翌日，老太太出殡。

这天，雪雨初霁，天气晴得极好，云淡天高，没有一丝风，却又仿佛憋着一股沉闷的气似的阴冷。前往奔丧之人甚众，整座梁府上下一派静穆，唯剩灵堂前的一片哀号打破了这座大宅子的沉寂。

其实也谈不上哀号，哭得最伤心的也就只有梁家老爷和秋声，其他的姑嫂婆子们、七亲八戚的都在假模假样地揩眼泪，连秋声的两个兄长，眼泪都是假的。

不知为何，冷冰总能轻易地辨出哪些眼泪是真心实意的痛彻肺腑，哪些又是虚情假意的欢呼、怨恨和嫉妒。

祭拜过半，冷冰这才着一身素黑鸳鸯冬绒旗袍，披一件全黑鸭绒坎肩，头别素花，穿越人群款款而来。众人皆侧目。

活生生的美人胚，穿什么都打眼。

"这是祭典还是唱戏的大舞台子！"二嫂白青莲小声地发牢骚。

"风尘女子是这样的，不懂规矩的。"大嫂宋福如应和。

二人的窃窃私语，正执香跪拜的冷冰权当不闻，心里却明了这往后的日子怕是要比想象中更难对付。但冷冰心中全然没有惧怕，女人之间的战争，她在行的。

冷冰落了泪。此情此景，落泪是必要的。自然，落泪她也是在行的。

"哟，这泪说掉就掉呢！"

"什么叫好戏子？角色无大小，全当正戏唱。你看看，这戏，简直做足喽！"

"你们够了没有！老太太才刚过身，尸骨未寒，你们这是要摆台唱戏怎么着？"大哥梁友道咬牙切齿，细声厉色吼得她俩噤若寒蝉。

梁友道长得孔武有力，一张老实巴交的四方脸却生就一对不怒自威的剑眉。他从小便备受器重，随梁老爷打点上下事宜，打十年前起，家里几件大的营生大抵都担在了他身上。这家，便也算是由他当着了。

冷冰三叩完毕，梁秋声上来扶她，被她婉拒。自行起身，又细细巧巧地抹了泪，然后朝梁老爷梁太太微微欠了欠身，又朝几位哥嫂微笑颔首，就算是都问候过了。

这仪态是再端庄有礼不过的，但在有色眼镜下，这就是狐媚！

女人的嫉恨，女人的小心眼，还有谁比冷冰遭遇得多，还有谁比她应承得有智慧？

丧礼上的这一出席，便已是确定了冷冰的身分了的。

梁秋声这招趁热打铁，是早已盘算好了的。

转头除夕一过，便是新年。

秋声和冷冰的婚礼定在了正月初八。

梁秋声留过洋，有那么些崇洋媚外的臭习性，原说是要在望仙楼办一场盛大的西式婚礼的，但被冷冰婉言驳了，说是出身不干净，也就不要闹得满城风雨人尽皆知了。

梁秋声不乐意："怎么就出身不干净了？你不过是唱唱戏罢了，又不是从妓馆出来的婊子婆娘，为何如此妄自菲薄！"

"婊子无情，戏子无义。他们都觉着，婊子戏子没分别的。"

"他们，他们是谁？你是活给他们看，还是活给自个儿看？"

"秋声，人言可畏。我不希望你在背后遭人戳脊梁骨，咱们安安静静成个亲就好。"

"那些王八羔子愈是聊得风骚，咱就愈发要挺直了脊梁做给他们看。我一不偷，二不抢的，娶个妻，还得偷偷摸摸，左顾闲言，右顾碎语的，难道我吃饭拉屎也得看他们脸色不成，倘若今个我吃了好些个爆炒黄豆，他们说我拉屎臭不可闻，难道我就不拉，憋死自个儿算咯？我招谁惹谁了这是？"

"亏你还英国留学生，说话一水的臭味，一点都不绅士！"

"绅士也得吃饭拉屎！"

苏凤便娇笑："你这是黄河决了堤，拦不住了怎么着？"

"我只是见不得你委屈。"秋声道完，将佳人一揽入怀。

天下再无比这更好听的甜言蜜语。

冷冰忘记了不久前还与魏豪生说，自己不好甜食。

世上哪有女人不好甜食——只看投食的是谁罢了。

正月初八那日，天气晴好赏光。天是干爽剔透的，没有一丝云，整片天蓝得饱满又彻底，像是一簇簇盛开的牵牛花堆上了苍穹。阳光亦是赏脸的，日光如金，洒在天津城的各个角落。冬阳暖人意——是办喜事的好日子。

最终二人折中，决定踏踏实实在梁府办一桩红红火火的中式婚礼。

这一日，梁府上下，宾客满朋，座无虚席。梁府家大业大，亲友之多自不用说，席上还来了好些外国租界里的外国人、生意人。冷冰为人漂亮周正，梨园行当里的师兄弟亦不请自来了好些，坐在一隅谈笑风生，言笑晏晏。还有三两报社记者，跳上跳下，左拍右摄的，忙乎个不停。好些半大的毛头孩子，在桌椅堂子里上蹿下跳，做着游戏……

大门口、厨房里、堂子座席间，挤满了人。门前迎客的老少爷们，中间引路安排就坐的周管家，后堂的厨子、婆娘，上菜跑腿的伙计……主子仆人，前前后后好一阵忙。

打一早起，整座梁府，笑声闹声恭贺声，连着鞭炮声就一直没停过。一副沸反盈天的喧嚣光景，好不热闹。

吹拉敲打唱，抬了花轿，迎了亲，跨了火盆，这一通忙活下来，也就到了晌午吉时，秋声冷冰二人拜堂，给二老敬茶改口，又给四位哥嫂奉茶。

这前头一切都顺顺当当，最后轮到冷冰递茶给二嫂白青莲时，白青莲故意失手，热茶溅了冷冰一手，烫了她的手，湿了她的大红如意装。

杯盏落地，摔了个利落。

冷冰早有预料，不惊不惧，也不避讳，任它淋个痛快。

——五更天唱曲，高兴得太早。这时日还长呢，先由着她。

这杯盏一落地，倒是白青莲佯装着惊声鬼叫，边抽手绢替冷冰擦手，边连连致歉。二老亦已起身，围将过来。老夫人心如明镜，心知家里行将不太平，立刻卷起佛珠，碎碎念叨起来。秋声见状，忙从白青莲手中捧过冷冰的青葱玉手，捧至嘴边，边心疼地连呼直呼，边斜眼微瞪二嫂。

大嫂宋福如是眼睛长在脚底下的人，这事明摆着的白青莲刻意刁难这新进门的妯娌。她就静静地站在一旁冷眼旁观，脸上一副似笑非笑。

司仪老倌，忙着打圆场："碎碎平安，碎碎平安。"

丫鬟们立刻又备了新茶，冷冰再斟茶敬奉，脸上仍无一丝怨怼，倒多了几分深深浅浅的笑："二嫂，请您喝茶！日后，这家里的事儿，还望您多多指点照顾！"

"那……那是自然。"白青莲接过茶水，竟有些窘迫地期期艾艾起来，"刚才嫂子失手，真抱歉。你没事吧？"

冷冰不响，只笑着欠身，回转至秋声身旁，温声细语两句，杜鹃便前来搀她进后院换衣。

这前前后后，宋福如看在眼里，心下却冷了片刻，这戏子遇事不急不躁不说，还能和颜悦色曲意逢迎，该是个狠角色！

日后若是拉拢不成，便得格外小心些。她暗想。

冷冰换身衣服出来，堂下已开席。

轮席敬酒之际，她随秋声一道认识了两个外国人和一个俊朗的小生，说是英国租界里的朋友，叫杜德鸿。这杜德鸿，似是有些眼熟。但场面热闹，也由不得冷冰细想，只随着笑，唤一声："杜先生好！"

杜德鸿亦礼貌地回笑颔首，眼睛却不住地在冷冰脸上流连。

冷冰直觉那眼神火热，叫她好生不适，只觉得他莽撞。敬完这桌，她便立刻随秋声敬下一桌去，转身便撞见了燕儿。

燕儿是随魏老板一道同来的。魏豪生与梁家有些生意上的往来，又都是天津商会的成员，这婚丧嫁娶的自然得来随个礼吃个酒什么的。

燕儿勾着这魏豪生臂膀，亲热得厉害。坊间早有花边传闻，说魏老板新娶了三房，不承想就是燕儿。

看来燕儿这贱丫头，是真有些手段的。

"梁少爷，恭喜恭喜！"魏豪生起身恭贺，燕儿一随起身。

"魏老板，同喜同喜！想必这位就是前不久您刚过门的姨太吧，果然年轻漂亮。魏老板有眼光，有眼光！"燕儿涂红抹绿的，穿金戴银，配上一身新鲜衣裳，便与从前是判若两人的。老话说得总没错的，人靠衣服马靠鞍，秋声也是忙得晕头转向，才没认出这姨太就是之前服侍在冷冰周身的差使丫头。

"哪有三少爷的福气好，娶了这么个大红角冷小姐。"

燕儿向着梁秋声笑而颔首，又转过脸来，表情有些不自如僵着了："少夫人好！"

"魏先生好！"冷冰不答燕儿，竟自向魏豪生问好。

"还是最喜欢听冷小姐说话，一句句'先生'叫得分外窝心。"

闻言，燕儿心有不悦，面上却仍端着笑，挽着魏豪生的手却不自觉地捅了捅他。

冷冰不响，魏豪生自觉失言，端着酒杯尴尬笑笑。

片刻，冷冰端端然离场，手持一细小青瓷酒杯，走至前堂台阶上，众人皆随她调转目光。她站定，等人声渐灭，嫣然一笑，声色清亮："各位宾客，非常感谢各位抽空莅临小女子与爱夫梁秋声婚礼，在此，我向大家宣布一件事，今日之后，此世再无冷冰，只有我，梁秋声之妻——苏凤！小女子先干为敬，望在座的各位吃个痛快，玩个尽兴！"

秋声见状，亦立即赶赴台前，应和一些场面话。

闻言，台下先是响起一阵戏场兄妹们的叫好声，其后又稀稀拉拉响起些掌声。

这叫好声，是有好久没听到了。这掌声，与以往哪次都不同。

但台下更多的,都是些窸窸窣窣的碎嘴声。可惜苏凤毫不在意。

这边厢,白青莲看一眼身旁的宋福如,嘴角一咧,正欲要说些风凉话,却被宋福如筷子送来的菜堵住了嘴。

言罢,苏凤竟自走至魏豪生桌前,又满上一杯:"魏老板,小女子苏凤敬您和三姨太一杯,望你们白头偕老,早生贵子!"

魏豪生又只得赔笑,满口唤道:"是是是,苏小姐,噢不,应当称少夫人才对!"

杯酒下肚,苏凤扫了眼燕儿,礼貌一颔首,形同初见,转身便随秋声洋洋离席,到下一桌敬酒去了。

燕儿嘴角又冷冷一提,不自觉又摸了摸自己的肚子,回身俏笑着给魏豪生夹菜倒酒。

二

苏凤刚嫁入梁府不多时,日军借故进犯上海,上海第十九路军伤亡惨重的消息便传遍了天津城的街头巷尾。一群知识分子带领学生整日地上街游行,抗议示威。

但这些似乎并不与梁府有任何关系。

梁老爷只吩咐下人们,时局乱了,关紧门窗,管好自己的嘴,做好自己的事就行。大水冲了龙王庙,也自有别家的牛鬼蛇神来管。外头的风风雨雨不要去掺和。

苏凤也不大关心谁和谁打了起来，又是谁胜谁负，谁割了谁多少地，谁赔了谁多少银钱票款，这些一概不关她的事。只要不打到自家门口，只要自个儿一家老小有安生日子过，这天下是谁的都无所谓。

在学生们示威游行的这些日子里，世上的变故苏凤都没什么兴致，倒是家中的一个有趣现象，让她留了心——二嫂白青莲比平日里更爱侍弄自己了。

此前并不见她锦衣华服、珠光宝气的，即使涂脂抹粉也并不显得过分招摇，最近她却是头上著头，铆足了劲地往自己头上插金戴银，脸上的粉亦是显得过分地多。府里的丫头下人们见了，也都好似平日里问好便过去，背地里却仍旧憋不住嘴角的笑。

女人化妆，无非两种因由，一为男人，二为女人。为男人，那是为悦己者容；为女人，那就纯粹是与胜己者争高下了。

当苏凤瞧见这白青莲撞见自己时，就越发甩臀扭腰卖弄风骚，便知她是后者了。心头便也一阵接一阵地觉得这女人真是可爱又可怜。这寻常相貌，加之三十又几的年纪，硬要与苏凤的风华正茂比个高下，是会叫人心酸的。

白青莲要与苏凤较劲比美，这前前后后也并不是没有由头的，这一切只因苏凤方嫁进梁府没几天，她就亲见府上不只是自家男人，甚至连周管家、后院里的长工杂役小厮们都会不自觉地多看她两眼。

白青莲腹诽苏凤这狐媚的同时，又心有不甘。特别是好几次晚宴，她撞见自己男人梁友信总忍不住在她身上多流连几眼，待她沐浴回房对镜梳妆时，又瞧见自己一副秋后残荷的模样，她便下定了决心要好好拾掇自己，与苏凤较个高低。

这日，十五元宵晚宴。

白青莲将自己闷在房里胭脂粉黛地倒腾，一桌子人就等着她开席。二哥不耐烦地派丫鬟去催了两催，待到白青莲志得意满，满脸堆着笑摇摇曳曳从里屋出来时，满桌子的人都见了鬼似的望着她，一脸的不可置信。在一旁伺候着的婆娘丫鬟们亦是硬憋着嘴角的笑，忍住叫自己不发出声来。

二哥梁友信实在看不下去，叱她："一屋子的人等你一个。就吃个饭，涂满脸的粉，你是嫌饭菜不够味，要自己给自己加料？"

青莲脸上的笑顿时僵住，面色急转直下，由白转绿又透着羞臊的红。见满桌的家人，齐齐地盯着她，也不好发作，气急败坏地甩了梁友信一脸的不愉快，气哼哼地转身回里屋时，还不忘瞪一眼苏凤。

"母鸡插了凤凰毛，还是鸡！"二哥埋头苦吟，再不作声。

苏凤不知瘦小羸弱的二哥说话跟吃斋的恶婆子似的，竟如此刻薄。

梁老爷白一眼梁友信，好似狐狸吃刺猬，憋在嘴里的话，硬是难下口。梁老太亦不作声。

大嫂一如既往似笑非笑，招呼道："来来来，大家动筷，大家动筷。大过节的，不要为了点小事败了胃口扫了兴。待会留些饭菜，叫李妈给青莲送过去就是了。"

其后，这梁府上下，白青莲的笑话便传开了去，都说她那日将自己捯饬得像是从坟地里爬出来的野鬼，再拿个哭丧棒，那简直就是白无常来阳间索命来了。

自然，这话着实有些夸张了。但实话说，冷冰也觉得白青莲那日让自己，怎么说呢，呃，白得有些过分了。

好在岁月似流水，浩浩阴阳移，日子一日接一日地过去，这些背地里的玩笑话不久便魂飞魄散销声匿迹了。毕竟她还是个主子，也便无人敢正大光明地嘲弄她，所以没过多长时日，这事也就这么过去了。

至此，在梁友信的一顿呵斥下，白青莲就又回归至简衣素服的从前模样。只是，她看苏凤的眼神，似乎比从前更深了些。

十五过后不久便开了春。寒意是有的，但也挡不住桃红柳绿的一幅世界新意。

成婚后，生活已是另一番模样。苏凤并非耐不住寂寞之人，只是府门深居简出的生活比她想象的要了无生趣得多。

日出而"坐"，日入而息。一天到头，没个盼望似的。

自秋声成家后，老爷梁家盛便将手头的盐场移交给了秋声，任他打理。秋声初入行，干劲十足，常常忙活到深更也不归家，使得苏凤这新妇倒像是个新寡似的。苏凤聪明体贴，也不怨秋声，只是长时长日地没个说话的人，教她真受不了。

行路至此，举目之下，苏凤已无亲无故，也就不谈有个来往走动什么的。唯一带在身边的丫头杜鹃，也是个闷葫芦，做些实事来着实是利索，倒真要与她道道家常，说说闲话，却真真是半天也憋不出个完整的言语来。

　　苏凤亦不情愿去讨好那些姑嫂婆娘们，都说三个女人一台戏，女人多的地方多是非。她总觉一堆女人凑在一块，就准没好事，于是便也甘愿闷在屋里深居简出的，只图落得个清静自在。

　　但清静虽清静，梁家的一些底细，渐渐地也从婆子丫鬟，以及秋声的言语里听出些轮廓来。

　　老爷梁家盛身子骨儿不好，年轻时做生意风里来雪里去，染了咳疾，久治不愈。梁老太整日窝在佛堂里，也不插手老爷起居饮食，现下也便由周管家照看着他的身子。如此，外边营生上大大小小的事，也就由大哥梁友道照应着。

　　大哥经商有道，为人厚直，刚正不阿，也没别的不良嗜好，家里有他把持着，一切也都顺风顺水。

　　自好些年前起，老夫人赵淑琴便随着阿祖一道念佛，不问世事，梁府上下的大小账目便尽由大嫂宋福如打理。

　　只是听闻，近三年不是大旱便是大涝，宋家家道中落，她私底下转公挪私接济了娘家不少。又传言说梁有道不在的长夜里，她还好从日租界的烟馆里买些鸦片来抽。私下里伙计们都嚼舌根子说这家迟早得败在她手上。他们夫妻二人育有一子一女，长女梁书静十一岁，幼子梁书齐八岁有余，二人皆长得可爱喜人，很招人疼爱。

二哥梁友信瘦小，自幼患麻风，脸上斑斑点点难看得要命，成亲后又不知何故惹上了腿疾，逢刮风下雨，腿脚就疼得厉害，起不了身。平日里出门也少，总将自己闷在自己打理出来的工具间里，倒腾些根雕啊木头和烟火之类的小玩意儿。

二嫂白青莲泼辣，脾气不好，心中稍有不悦，便迁怒于下人，吼东吼西。上些年纪的长工有时也怜她，说她心里是挺不如意的。后又听说他们二人也曾育有一子，只是不满周岁便患肺炎去了，此后白青莲的肚子便再也没有过动静。

有传言说，梁友信那方面不行。但梁友信又是极喜欢孩子的，所以他经常拿自己雕刻的那些木头人偶逗书静书齐开心。逢年过节的时候，还会自己买些硫黄、铝粉，和着黄泥和纸，倒腾些烟花鞭炮给孩子玩。所以，书静书齐二人便也跟这二叔最亲。

老爷总说他没出息，此前见他喜欢捣鼓烟花爆竹，便投钱给他做了间鞭炮厂，起初梁友信也是信誓旦旦要做好，不曾想那年元宵在厂子外逗孩子玩鞭炮，不小心将厂子库房燃爆了，甚至还伤了两条人命。梁友信被抓进警察厅里关了两天，梁老爷好一顿疏通，用了上千银元才把他给捞了出来。从警察厅里出来后，梁友信便一蹶不振。老爷也便不再有什么营生给他招呼，任由着他游手好闲得过且过。

此后便是梁秋声，梁秋声在三兄弟里相貌是最佳的，说是年轻时也曾拈花惹草花天酒地，典型纨绔公子哥一枚。梁老爷着实看不过去，便送他去英国留学两年，回来便变了模样，只是仍旧好听戏。他与苏凤便也是他回国后在戏场认识的，起先谁都以为他狗改不了吃屎，出入戏子世界只是玩玩，没想到这次却是认真了的，还历经艰难力排众议将苏凤娶进了门。

秋声后边儿还有一个小妹梁如美，亦被梁老爷遣去英国深造念了书。苏凤未曾见过，只听说这小妹打小跟着几个哥哥一起长大，打架骂人翻墙爬树捅蜂窝无所不能，纯粹一只通天猴子转世。

秋声和如美都是老爷的二房姨太太紫怡所生。二房姨太太生得标致可人，所幸秋声和如美都随紫怡，自然也都生得精致漂亮。此前，老爷尤其怜宠二姨太，只是红颜薄命，二房姨太太紫怡生下如美不久，染了风寒，结果就这么一病不起，不多时便撒手去了。秋声和如美便由老夫人淑琴和厨房李妈一起抚养长大的。

李妈是他二人的奶妈，他们长成后，李妈便去了厨房，照顾一家人的餐饮口味。

最后便是梁老爷的三房姨太太云萍了。二姨太紫怡过世后，老爷伤心至极，此后便打消了再婚娶偏房的念头，一心扑在事业里，励精图治，家业越做越大。直到五年前老太太病重，躺于榻上，三余月不起，怎么治也治不好。梁老爷便请算命师算了一卦，说是老爷需要再娶一房，以冲老太太身上的晦气。年逾五十的梁老爷，这才破戒将云萍娶进门来，权给老太太冲喜。而云萍方进门没多久，老太太身子便神奇地好转起来，府中上下便都说这云萍是福星。云萍方嫁进梁家时年纪才十九，如今已至二十四五。梁老爷身体早已败坏，云萍这五六年便生生地守着活寡，自然也没能落下个一儿半女侍奉左右。在这深宅府邸，没有子嗣，也就没有地位。于是，便常常能听到她在花园里咿咿呀呀地唱京剧，唱的是闻者伤心听者流泪。

这些都是上面的主子们，而下面这个丫头、那个妈子、这个长工、那个伙计的缠缠绕绕暗通媾和的，彼此说彼此不是的，更是多得扯不清了。

…………

这些掌故，苏凤其实也无心纠缠记挂，她一直崇尚大道至简，只守着自己的一亩三分地，人不犯我我不犯人，安生太平即可。只是想着这些流言细故颇有些受用，便也拣着些要紧的放在心里头，以免日后不小心撞疼了谁的伤口，惹了麻烦——这是她所不太情愿的，她真的毫无野心，只想着安安生生过自己的日子就好。

哪想，她想过安生日子，有人却偏不让她过安生日子。

三

那日秋声早归，晚饭过后，他便急不可耐地想要苏凤。

苏凤娇声捶打他，嘴里一声连着一声的"不要"，身子却不断地与他缠绵游戏。从房内传出二人鱼水之欢的燕语莺声，恰巧被独自去花园散步的白青莲给听见了。

白青莲在他们屋外怔了片刻，心里愤愤然，骂苏凤戏子生就婊子德行。骂完又忍不住继续伸长了脖子听将下去。听到他们二人的快活声响，听得白青莲是心口一阵心慌意乱地发烧，脸和耳朵根子也不自觉跟着红了。

　　后又转念一想，这梁府上下人多眼杂的，任是被谁撞见了，就又有得说她，乃至梁友信的闲话了。她便急忙忙折回身子，却一个不当心，脚就撞上了门廊前的木柱子上。那一声吃痛硬是没憋住，叫声喊出的瞬间，她赶紧捂住了自己的嘴，这显然已是来不及了。

　　屋内秋声听闻窗外的响动，暴喝一声："谁？"

　　白青莲应声遁逃，样子狼狈至极。白青莲方从秋声的厢房院落出来，还在回头看有无人追出来之际，又与同样兴冲冲走过道的周管家撞了个满怀。

　　"要死哟！这是个什么鬼东西，眼睛长在头顶上了怎么着，光看上不看下，啊？"

　　"哎，二少奶奶，不好意思不好意思，您没事吧，没撞疼您吧？"周管家说着就近身上来扶白青莲，一双黑手却有意无意地往白青莲的细手上搭。

　　白青莲低首四下看了看，没人，便将手于周管家身上轻轻一推，细声怨怪道："原是你这个死鬼！"

　　好死不死，二人转眼便又见到丫鬟提着煤油灯随着大嫂宋福如一道打西厢房过来。白青莲立即坐到长廊上，大声怨责："你这要死不死的东西，走路就不长眼睛是怎么地了，赶着投胎也没你这么急的！"

　　周管家一脸奸邪淫笑，立马变脸成着急模样，向着白青莲连声道歉。

　　宋福如闻声过来，一脸的关切："哟，青莲这是怎么了，这么不小心，膝盖都红透了。"

　　白青莲娇急："这还不都怪这没长眼的东西，也不知他这着急忙慌赶着去干什么，我一不留神，他便撞了我个满打满。疼得我哟……"转头又对周管家，责怪里又有些微藏不住的娇嗔，"要不是看在你在咱们府上尽心尽力做了这么些年，我明个就找老爷将你这不长眼的东西给辞了去……"

　　周管家又是连连抱歉。

　　"得了，得了，你消消气。处理伤势要紧，这春日里的病菌多，别到时候落了个感染炎症什么的，就不好了。"宋福如眼明心净，这一年多来，青莲和周管家的一切，她都看在眼里，看破不说破，友信的颜面和梁家的颜面都是要的。说着便叫身边的丫鬟去取药叫大夫。

　　"罢了，也不是什么要紧的伤，我屋里有清创膏，揉一揉便好了。"白青莲转脸又巧笑问，"看大嫂这架势，该是去戏子那边了罢。都说这戏子的眼睛会惹人，怎么着把大嫂您也惹上了？"

　　"瞧你这张啄木鸟嘴巴！"一记粉饰的白眼，巧笑飞过去，"也没什么，想着这刚过门的媳妇，怎么说也是一家人。这个家也算是由我当着，她又没个娘家什么的，你大哥从苏州带回来几匹苏锦，我便想着给她送去一匹，做些衣裳被面什么的。你放心，自然，也少不了你青莲的。"宋福如到底是要比青莲道行深些的，里外做人，都得顾得周全些。

　　"是是是，大嫂持家不易。里里外外的都少不了你，我也不叨扰你了，你赶紧去罢……"

宋福如方走,她便一个斜眼瞪过去,小声嘀咕:"黄鼠狼给鸡拜年。"

这边厢,梁秋声两人被门外那一失声痛叫,扰得丢了兴致。两人躺在床上,絮絮叨叨地说着话。

"最近这天下又不太平了,日本人在山东那边打死了不少中国军民。咱们盐场那边闹得人心惶惶的。"

"这天下从来就没太平过。三不五时地闹,也习惯了,应该出不了大的差错。"

"盐厂那边,有个叫李大深的秃子,后脑勺长着一副反骨。他每次看我,我都感觉像是被蛇盯着似的,脊背发凉,特别不舒服。怕是他要反……"

秋声话音未落,"咚咚咚"的敲门声便响了起来。

梁秋声怒声一喝,问是谁。

门外答曰:"大奶奶给三少奶奶送苏锦制衣裳来了。"

——是宋福如的贴身丫鬟秋菊那要命的尖细的声音。在这通报声里,苏凤却听出了多少有些胆怯成分,听着听着,就饶有意味地笑出来。

梁秋声没好气答:"都歇着了,你明日再送来。"

登时,宋福如便开了腔:"那我明日再来罢。"

闻声,苏凤便赶紧起身穿衣:"啊,是大嫂亲自送来了啊,莫怪莫怪,请稍等片刻,我这就给您开门。"

佛祖亲自出动,不得不迎。这点礼数,苏凤还是懂的。

顷刻和衣开了门,苏凤便要迎她进来,吃些茶。她一眼扫到大嫂身后捧着绸缎的秋菊,只见那丫鬟给自个儿打足了气似的,把头昂得高高的,月光打在她额头上,锃亮。苏凤再盯着她望了片刻,她却硬生生地把头给埋了下去,身上还微微有些发抖。苏凤嘴角微微一提,回过头来笑盈盈地望着大嫂宋福如。

宋福如站在门口先是致歉:"这么晚了来打扰,实在不好意思。"又卖了人情,"只是你大哥刚带了几匹上好绸缎回来,我也没看时候,想着这春寒料峭的,及时给你制衣要紧,就给你送来了。"

这般说亲道热,倒真像是关系极好的一对妯娌。但背地里,谁又没防着谁三分。

苏凤致以诚挚谢意,再邀入内吃茶。

宋福如婉言拒绝,道天色已晚,早些休息,来日方长。

苏凤便也不再留她,笑笑收了锦缎关了门,心里是小葱拌豆腐,一清二白。

倒是梁秋声疑惑起来:"这好端端的,怎么开始送你礼了呢。咱们成亲这么长时日,也不曾见她这么热络对你。"

苏凤想到了前几日,经过后院时,闻见宋福如那贴身丫头秋菊冲着自己先进府大半年,便颐指气使地招呼杜鹃帮她把宋福如的衣服晾晒了。杜鹃斜睨了她一眼,没搭理她,径直走掉。秋菊见状,一副如鲠在喉模样,朝着她的背影,尖着她那破锣嗓子骂咧咧道:"切!一个破戏子的丫鬟,跩得跟个二五八万似的,小心哪天她跟戏院里换男人似的把你也给换咯!跩什么跩!"说罢又恶狠狠地吐了一口痰。待她回过头来时，正好瞧见不远处苏凤正似笑非笑地盯着她看，这秋菊顿时白日见鬼一般，一声惊叫着就逃远了。

于是，这几日便明显地感觉到秋菊这半大丫鬟有意无意地躲着苏凤。

苏凤是明白人，她知道这丫头不大，十五六的年纪最会鹦鹉学舌，这些龌龊言语多半是出自主子之口。

一想到这，苏凤不禁嘴角又冷冷一提，朝秋声温柔一笑："女人之间的事，你不懂，最好也别掺和。"

说起女人，苏凤突然又想起府上似乎还有另外一个女人，她还尚未见过，便问秋声："老爷不是还有一个三房姨太太么，为什么我从来没见过？"

"你怎么突然提起她了？是不是听到什么风言风语了？"

"倒是有些传言入耳，陡然来了兴致，想知道点底细，以免之后不懂事冲撞了老爷太太也不好。"

秋声刮一下她鼻梁："就你最懂事。"

苏凤娇笑："你就说嘛！"

秋声所言与底下人传上来的别无二致，只是被苏凤软磨硬泡又多说了些关于她的琐碎。

秋声说她是个可怜人。若不是因她父嗜赌成性，欠下巨款，也断不会嫁进来给阿祖冲喜用。她嫁进来没多久，便深夜翻墙逃过一次，没逃多远，被下人们抓了回来，一顿毒打。其后一年，又逃过一次，听下人们说，是为了见她定亲的情郎，但依旧没逃多远，又被抓了回来，关了禁闭。此后她就再也没动过逃走的心思了，开始在深夜里咿咿呀呀唱些京剧，刺些绣，玩些石头。父亲见她有好转，就又放她出来，任她在府门里转悠，逢年过节，有时也允她出去转转，瞧瞧新鲜玩意儿。她乍看之下与寻常人无异，但时常也有些疯癫。

"你最好莫要惹她，怕伤着你。"最后秋声又补上一句。

苏凤听完，陡然心里一阵哀戚，女人一生不过一个"情"字，天下女子可怜故事如出一辙。不是所遇非人，就是情路坎坷。好在她有秋声，她并不是她们那些薄命寡幸女子中的一个。她往秋声胸口一靠，这心就又踏实了。

秋声不自觉抓着苏凤的手，往他裆下带，又硬了。

苏凤笑骂一声："色胚！"便熄了灯，和秋声一道睡过去。

自去年腊月至今，这也才小半年光景，梁府就办了一丧一喜两件大事。而日子没过多久，梁府却又有一人随老太太去了……

四

这一日，惊蛰的一场春雨过后，花园里的几树芭蕉愈发鲜活肥美，几簇竹林跟着泛了新绿。桃梨海棠白玉兰竞相开了，山茶月季连翘也不落后。盆盆罐罐的兰草亦是分外惹人怜。满院子的春天，这样好的时令，总叫人忍不住春心的几分荡漾。

苏凤陶陶然踱步梨树下，撞见一地惨白，好似凋落一地的绮梦，又叫她平白无故伤春起来。

苏凤自己也不知她心底哪来的这么多感伤，只是自打嫁进这梁家来，她心里总觉得没着落似的，总会平白无故地感怀些人事。

登时，一曲《西厢记》乍然而起，夺去她的思想。那声色凄然，伤心叫人不忍闻。

"斟美酒，不由我，离愁百倍。恨不得，与张郎，举案齐眉……"

这唱腔，简直天上有地上无，这唱腔竟要比梨园行当里坐科好些年的青衣花旦都要好到不知哪去。完全是祖师爷赏饭吃的一副好嗓子，却藏在了这深宅府门里，真是可惜了。

由亭上望将过去，只见一青衣水袖，煞有介事地唱念。单从背影看不出是谁。登时，一个甩袖回眸，好不清丽的容貌——定是小姨太云萍了。

苏凤娉婷袅娜，上前一个万福："有礼了，小姨太好。"

"别。这般礼数，叫我受不住。"云萍停了念词，扶起苏凤，又唤来了她的猫，抱在怀中。

这猫一身全黑，没有一丝杂毛，一双铜铃似的圆眼，盯得苏凤骨头都是骇的。

"姨太的戏曲，竟唱得这般好？"苏凤不自觉退后了几分，她是怕猫的。

云萍只笑，也不答，便问："你该就是秋声的长房了罢？"

"是，承蒙姨太惦念。"

不知人脾性，礼貌总归是上上策的。

"也别这样唤我了，什么姨太，也不过有名无实罢……"

她低着头，抚着她的猫。

此话便不宜再接下去。苏凤只是笑。

"听说你也懂些曲子？"

"略知一二。"苏凤答。

云萍便笑开了："行家里手都惯说谦词。"

"姨太说笑了。"

"切莫再叫我姨太，你我怕是年纪相仿。你哪年哪月的？"

"乙巳年十月。"

"我七月。方见你，我便觉得与你投缘。私下里，你唤我姐姐便好。"言语内容是热的，语气却是冷的。

"是。"也不宜再推辞。

这一来二去的对话里，也不见她有秋声所言的疯癫状貌，只是自然而然有一种拒人千里之外的气质，从她的眼角眉梢透出来。

苏凤唱戏，对言辞文本向来敏感，声调里的细微情感，她都能察觉出来。云萍姨太的语调虽冷，不知为何，总感觉出她言语中有那么几丝愉悦，像是有什么非常值得开心的事在她身上发生，或即将在她身上发生似的。

总之，她的言行举止，一切都是好的。只是容貌上惨白白的，像久病缠身，又像是被不干净的东西缠上了似的，总叫人觉出一股森森然的将死之气。特别是她怀中的那只猫，总叫她从骨子里渗出一股不祥的感觉来。

——苏凤不知，她的直觉竟这般准。

其后春分，春雨又玩笑似的，不咸不淡地在天津城下了两遭。

苏凤在这花园里又碰见了云萍两次，坐下一道嗑着瓜子，聊些戏曲，或是桃儿梨儿杏儿这些有的没的，其余的，苏凤不敢聊。

这第三次见面，倒是云萍主动向苏凤坦白了自己的过去，她说的和苏凤此前了解的也并无出入，听完苏凤也不过是作头次听闻的震惊唏嘘状，不也敢妄加置评，生怕惹得她伤心，又怕说了些不恰当的落人口实。

后两次见面，云萍都抱着那只黑猫。

苏凤有意无意地躲着些，云萍见状就问她："你怕猫？"

"小时候被猫抓过脖子，如今还怕。"

"其实这人啊，跟猫是一个东西，都是畜生。"

苏凤笑。

"有时我觉得人还不如猫呢。人不可靠，猫最起码你给它吃的，它就跟你亲。人可就不一样了，人善变。"

"对的人，就不会变。"

"嗯，也是。"

末了，云萍又低低地喃了一句："可我的那个人，他是不是对的，他又有没有变呢？"

"你说什么？"

"没，没什么。"

——这是苏凤和云萍的最后一次对话。

她们那次对话后不久，便是清明了。豪门大院向来看重祭祀，又是经商的，所以祭拜祖宗神明可谓是暮春最大的一件事了。清明前好几日，梁府上下就开始张罗采买各式祭祀用品。

清明前一日，苏凤带着杜鹃到街上采买家什，顺道在绸缎庄给杜鹃也添置了两件新衣。

杜鹃不知其故，懵懂问主子这是作甚。

苏凤笑笑，道："也没什么，只是你跟我这么久，我也早就没把你当什么丫鬟了。你也知道，我在这世上，也没有什么真正体贴姐妹，可以说说私房体己话。你一直待在我身边，不离不弃。我也没什么可以好好待你的，买两件衣服算是姐妹间的一点小意思。日后，你府里府外再要吃了什么亏，千万别藏着掖着，一个人担着不好受。有什么事，尽管跟姐姐说，能分担的姐姐一定替你分担。"

杜鹃闻言眼中悬着泪珠，泫然欲泣。苏凤见状莞尔，伸手替她拭泪。

二人相视一笑，这主仆情也就更浓了。

她们回行经过天桥时，撞见两个衣衫褴褛的乞丐，坐在天桥下，碎碎叨叨地不知在说些什么。其中一个竟然长得有些像已故的亡父，苏凤一时善心大动，掏了一枚银元，趋身上前。

走近才闻见那个长得像亡父的哑声哑气地说："大清朝要完了，大清朝要完了。"他满脸污黑，一身破旧，唯独脑袋后的一条长辫子绑得异常认真细致。

"大清朝早完了。"另一个短发瘦骨嶙峋的老叟慢悠悠地答他。

"大清朝没完！大清朝怎么会完呢？"

"大清朝早完了。现在，国民政府也要完了！天津也要完了！"

"天津，天津是哪？这里不是京城吗？"

"这里不是京城，京城早完了，这里是天津，天津也快完了！"

"京城没完！京城怎么会完呢？"

……

苏凤呆呆地伫立在一旁，不知为何，竟听这二位前朝遗老孩童似的车轱辘话，听得入迷。

杜鹃及时打断她，唤一声少奶奶，咱们走吧。

苏凤这才晃过神来，驱身丢了一块印着孙中山头像的银元在他们跟前的碗里，那银元清脆的声响也并未打断他们的对话。他们仍旧一来一回，一问一答，不为世之变化所动，倒像是两个仙人。

"天津要完了？"苏凤魔怔了似的，沿路走，沿路自言自语。

"别听他们糟老头子胡说，少奶奶，天色不早了，咱们回吧！"

苏凤一回到家，就昏睡了过去，第二天才醒来。

府上有人传三少奶奶中了邪，被大哥梁友道一声怒喝，所有的流言蜚语顿时魂飞魄散。

不日，就是清明节了。全家里里外外，黑压压一片穿着素衣素服，扛着纸钱鞭炮，跑去山上祭祖。这是梁老太太的新香，自然也带上了云萍。

不料云萍这几年早已策划了逃跑路线，方出门不多时，便趁着人多混杂的情形，一路跑了十几里路逃回了老家，直奔情郎住所，却在院落中只见他已娶妻生子，正逗弄虎头虎脑的孩子开心。她一时五雷轰顶，腿一软，颓坐于墙根，哭得伤心至极。

他情郎闻声出来，见一头发松散、满脸黑汗的女子坐于院外，便切声询问，如何这般伤心。

云萍闻声，连头也不抬，拔腿就跑。

她心如死灰，踉踉跄跄跌回老父家时，已近日暮。夕照之下，只见家徒四壁，院外杂草丛生。进至屋内，满室的霉臭味，老父醺醺然醉倒在床上，嘴里还碎碎念着："大，大……"她含泪唤一声父亲，父亲侧身眯眼打量，问她是何人？

父女相见不相识。她倾泪而下，跌在地上号啕："你这生生世世的赌鬼！将阿姊卖给乡绅土豪买春，害死她，逼走阿母，最后将我也卖了还不够你赌？！还不够？！"

不多时，她哭累了，梁府的下人们也追至赶来，二话不说将她架起带回梁府。

她再不挣扎抗拒，随他们回去。

——命里还有什么事值得她惦念？

——没有了。

回到梁府后，老爷也无力处置她，只管将她扔在房内，再不许出门。

隔日，送饭的下人便惊声尖叫，连跌带撞跑来通报："云萍姨太……云萍姨太她，吊颈身亡，去了！"

她选择了和她阿姊一样的死法。她尚未成年时，便在家中撞见了她阿姊的死相，她阿姊便是被魏豪生买春的当晚吊颈身亡的。那死相可怜恐怖，眼珠子被绳索勒得突出来，脸上惨青，一身的怨气，就像一件孤零零的长衣挂在房梁上，飘飘荡荡，没有依靠似的。

阿姊的死相一直刻在她脑子里，挥之不去。

终于，她也如此安顿了自己。

云萍死后，她的猫便整夜整夜地在她房里哭叫，其声如孩啼，又如女鬼叫魂，叫得梁府上下一片毛骨悚然。

苏凤怕猫，自然也怕猫叫，夜晚总缩在秋声的胸口发抖。起先秋声劝说，这是猫叫春，过几日便好了。结果，好几日过去，猫还是没停止号叫，秋声便派人去抓猫。但无论如何，都抓不着这猫。

后来，还是请道士过来驱邪，这猫才不见了踪影。

第三章

一

转眼大暑。蝉声一浪高过一浪,没完没了。

学生们的闹腾劲也渐渐偃旗息鼓,没了声气。

燕儿挺着八个月的大肚子,早也就断了拍戏做角的念头,每日只管着招呼魏府家里的婆娘阿姨搓麻将,搓得那叫一个不亦乐乎。

傍上魏豪生这乡绅土豪,也落得余生有保障,别的也就不再有所奢、有所求。

魏豪生打小便无父无母。如今四十上下年纪,上无老,下无小,就只是中间横着两房不争气的姨太太。此前,大房一直没个生养,活生生被魏豪生逼得吞了药,归西去了。其后娶了二房生了个女儿,养至两岁有余,却陡然深夜发烧,就这么不争气地给烧死了，此后这二房的肚子便也一直没了音信。直到那晚和燕儿一击命中，便毫不犹豫将她娶回来做了三房，好生看养着。

为此，魏豪生还早早地命下人们置办好了床椅、摇篮，小兔崽子们都好玩的弹弓、木刀木剑之类的一堆杂七杂八的玩意儿……其后又请算命先生看相的算了肚子里的货是男是女，几个算命的看相的都说这肚里的是个带把的公子哥，准没跑了。这你一言、我一语下来，把魏豪生高兴得跟个孙子似的，对那几个算命先生是赏了又赏。

魏豪生老来得子，高兴坏了。自从得知燕儿怀孕后，他脸上的笑就未曾断过。头两个月对燕儿是照顾有加，左疼右爱的，去哪都带着她，走个道都得搀着扶着，生怕磕着碰着了，成天督着厨房炖燕窝莲子红枣，鲍鱼乌鸡，一个劲地往燕儿房里送。后来，这日子一长，欢喜劲头过去，对待起来也就平常了些，这燕儿的饮食起居便全数交给了厨房的妈子婆娘，自个儿照样花天酒地，该找窑姐还找窑姐。

起先，燕儿也责问他："这男女之间，无非就那么三两斤破事，翻来覆去的，有什么意思？"

"这你就不懂了，你还小，这里头的乐趣等你把咱儿子生下来后，你爷我再慢慢让你懂。"说着，魏豪生荡笑着在燕儿的胸上摸了一把。

"我就搞不明白了，这世上那么多事，你怎么就独独爱床上那档子。"燕儿半娇半厌地将魏豪生的手一拍。

"这你就错了。这世上所有的事啊，说起来其实就两件。"

"哪两件?"

"男人那事和女人那事。"魏豪生说着就将手又搭上燕儿的胸上，揉了一把。

"粗俗！你早晚得死在女人床上！"燕儿抽出手来，笑骂着在他额头上使劲一点。

"那就死在你床上呗……"说罢魏豪生便要欺身上来。

"不想要你儿子了？"燕儿不咸不淡，冷冷一反问，魏豪生陡然似霜后的茄子，蔫了吧唧从燕儿身上滑下去，摸着脑袋傻嘿嘿直笑。

燕儿心大，她知自己的斤两，也懂魏豪生的德行，想拴是拴不住他的，也便就由着他去了。此后，燕儿就再也没过管他花天酒地的事，一心扑进了自个儿的麻将牌里。

这天晚间，魏豪生从煤厂里回来，闲极无聊，要拉着燕儿说话。

燕儿回："说话有什么意思，不过是我骗你你骗我。还不如麻将好，一是一，二是二，和了就推牌，输了就给钱，多明白。"

魏豪生点点她的鼻头："小妖精！有了麻将就忘了老子。"

燕儿好麻将，魏豪生也就任由着她的性子玩。自己也落得自由，可以肆无忌惮地流连声色场所寻花问柳，恣意挥霍着大把钱财和所剩无多的精力。

他觑了觑正在梳妆镜前的燕儿，正在数钱准备上战场，转眼自个儿也就一溜烟进了日租界的窑子里。

而近来市井上传得风风火火的日军要进逼北平，也与他们无关似的。

七月十五,中元之夜。燕儿已近临盆,烧罢纸钱,祭了牛鬼蛇神,燕儿又来了兴致,遂风风火火邀了管家的婆娘、二姨太、隔壁的王太太坐上了麻将桌,一通摸爬滚打谈笑风生,一圈又一圈,好不快活。方过酉时,她陡然腹痛难忍,瞬间满头豆大的汗,粒粒饱满,直往下淌。

燕儿捂着肚子骂道:"这不争气的东西,老娘手气正旺,这个时候来捣乱。"

管家婆娘道:"怕不是三姨太要生了罢?"说着就将燕儿的裙角一掀,都能见着胎头了。

见状,一众姨子婆娘便慌了手脚,把麻将信手一推,便着急忙慌地扶着燕儿上床,其后一群人手忙脚乱,叫产婆的叫产婆,烧水的烧水,给她打气擦汗的打气擦汗……

孩子诞下之后,魏豪生才随伙计从日租界妓馆的窑姐那急忙忙往回赶。赶回来的路上嘴里还在一直念叨着:"臭崽子,好死不死,怎么就赶上了个鬼节钻出来!"赶上这么个时候,魏豪生心里是不痛快的,但又想着马上就要见到自己的儿子了,他就又喜滋滋地笑起来,连脚步都轻快了好些。

方进得大门,他便匆匆奔起来:"哟,儿子唉,儿子唉,爹来看你了,爹来看你了!"

待进了卧房,魏豪生急不可耐地抱起正哭闹的孩子,往两腿间一拨,没货!他脸上便生生有了不愉快。他一心觉着,他魏豪生该有个带把的来继承他大煤窑子的家业的。

魏豪生内心是极不痛快的，狠狠地将算命的看相的那几个老先生骂了个祖宗十八代。这一骂，孩子便又哭得更凶了。他又立马急转直下柔下面目来哄孩子："哦，女儿乖，女儿乖，爹是骂那些臭王八羔子，爹不是骂你，爹不是骂你！"

终归是自己的骨肉。

魏豪生给女儿取名月儿，一是应景，二是望她月圆花好，此生长安。

魏豪生这人，喜怒无常，高兴不高兴都来得快，去得也快。

月儿的满月宴，正好赶上了中秋佳节，所以办得也是顶热闹的。

这老来添丁，虽说是个千金，但魏府也有好长时日没办过正经喜事了，魏豪生又是个好面子的主。不论男女，终归是后继有人了，日后看谁还在他魏豪生背后戳脊梁骨，道他无能。魏豪生高兴，所以这满月宴也便格外地铺张。

魏府里里外外装点一新，备的酒水是上好的陈年女儿红，喜糖也是特意从上海调运回来的，就连那桌椅都是一水的福建红木打制的，就更不用谈那上桌的菜肴甜点了，全都是前朝宫廷的老厨子做的。当晚，魏豪生甚至还请了京城最好的戏班子来为喜宴助兴。

魏豪生三教九流都熟识些。喜宴当天，七亲八戚、左邻右舍、狐朋狗友都请了个遍。人流如军队，重重叠叠地涌进来，上门就是客。

开席之后，燕儿抱着小月儿出来沾沾喜气亮亮相。行至梁秋声这桌时，却没见着苏凤，她不禁嘴角又冷冷一提。这女人，也真是绝了心，要断了姐妹手足之情。

"唉，三少爷，怎么没见少奶奶过来捧捧场啊？"

"实在不好意思，内人近日染了风寒，不宜外出，所以也就没能来参加贵千金的喜宴了。但内人招呼的话，我还是得带到。她祝千金平安多福，命途顺意。"说着便塞了个红包进孩子的襁褓中。

燕儿微微一欠身，勉强笑了笑，摇身便去了下一桌。

其实燕儿也不知自己心里确切是个什么滋味儿，讥笑、怨怒、悲哀，又有些微的轻松似的——这些情绪统统搅在一块，反正不是什么好滋味。

——去她的，不来也就不来，往后这日子，谁也不会比谁过得差，日后指不定谁瞧不上谁呢！

二

民国二十一年。

苏凤嫁进梁府已大半年有余，日子深一脚、浅一脚地过去了。

云萍去了，梁府薄葬了她，苏凤称病没去送她，她不想去。时局这么乱，生生死死的事，看了叫人心惊，也叫人疲惫，索性不看。

燕儿得子，她亦装病未去。倒也没别的意思，只是断便是断了,不要有任何纠缠牵扯。她向来这样决断的,爱要爱个彻底,断也就得断个干净。

这大半年里,梁秋声带着苏凤上北平去游山逛水,闲玩了一趟。窜胡同、游鼓楼、爬香山、走故宫、逛四合院,到天桥里看卖艺的杂耍;驴打滚、豆馅烧饼、姜丝排叉、豌豆黄、糖卷果、冰糖葫芦、豆腐花……是一个没差,吃到了嘴软。秋声还特意带苏凤去听了一场程砚秋的戏,其后又去表妹沈素之那儿待了数日,梁秋声还借机往事重提糗了苏凤一把……那几日过得逍遥自在,喜乐快活。

苏凤记得,他们二人随素之夫妇,一共四人还一道在鼓楼后的一家照相馆里,照了几张相。其中两张是苏凤和秋声单独拍的,一张是她站在秋声身后,手搭在他肩头,笑容清丽似春日里的绿萝飞草。另一张则是秋声搂着她,亲她脸颊。而素之他们夫妇二人就在一旁站着,看笑话似的,打趣秋声不要脸。当时,苏凤羞臊得脸红至耳根子处,心里是又臊又幸福,只觉常有良人为伴,此生便足矣。

她还记得,那年轻照相师看到他们二人这样亲昵的模样时,那一脸的讥笑。临走时,那照相师还祝他们两对儿夫妻琴瑟和鸣,前程似锦,早生贵子来着。

照完相,梁秋声掏完钱出来,苏凤脸上堆笑,斥他:"哪知照这几张破相要这么贵,早知道就不照了!"

"凤儿,为了你,再贵的东西都值!"

这句话,连同着那几日的游荡,直到苏凤回到梁府后,还一直暗自回味了好长时日。时常想着想着还会无来由地笑起来，杜鹃问她笑什么，她便赧然斥她，做你的事去！

杜鹃便偷笑着跑开了去。

打北平回到梁府后，一切都回归正常轨道。秋声在盐厂里照常忙前忙后，苏凤照常深居简出。

在此之间，生了件叫苏凤恼火却又羞于向人启齿的事情，特别是羞于向秋声启齿——苏凤发现二哥梁友信三番五次偷窥她洗澡。

梁家的澡堂子算不得大，男眷堂子和女眷堂子仅一墙之隔。好几次苏凤察觉门外有人，一回头却总只见一道黑影闪躲过去。内心也不是不曾疑窦，只是这样的日子毕竟是少数。但后来日子一长，这黑影就隔三岔五地冒出来。五次三番后，苏凤拿捏准了那黑影来的时辰。

那日，苏凤命杜鹃提前了小半个时辰去了堂子，然后自己就躲在门外，眼见着时辰差不多了，杜鹃在里面开始佯装脱衣服洗澡。这澡洗至一半，苏凤估摸着这人该来了。果不其然，不多时，那黑影如期而至，扒在窗户纸上，贼贼地往里头瞄。苏凤轻声轻气上前，走至身旁，柔声问道："二哥，您这是干吗呢？"

梁友信被吓得一个愣登，往后退，连撞带跌的，险些没站稳。

"没，没，没干吗。散……散步散到这了，瞧见里头灯火亮着，看看有没有人……要，要是没人的话，想着便得差下人把这灯给灭了不是？"这谎编得他甚是吃力，支支吾吾满头的汗都下来了。

"二哥，咱明眼人不说暗话，您做的这下作勾当，怕是让二嫂知道了，不太好吧。若是您就此收手，咱就当这事没发生过，也就罢了。您看怎么样？"

梁友信自知理亏，这没应承好或不好，竟自窘迫至极地埋头去了。

至此，在澡堂子外，就再也不见什么黑灯鬼影了。其后每每见着梁友信，苏凤倒是坦然，却苦了梁友信总是一脸的尴尬，再也不敢正脸瞧苏凤，哪怕一眼。

苏凤信守承诺，对此事守口如瓶，从未在白青莲面前说过半句梁友信的不是。

而二嫂白青莲因化妆在众人面前丢人的事对苏凤一直怀恨在心，虽有时也刻意为难着她，当着她的面，总捡些不咸不淡的风凉话刺她，但苏凤尽量忍让避嫌，处处让着她。甚至白青莲不知从哪弄来一只和云萍姨太一模一样的猫，故意揣着它到苏凤房里做客，或是三不五时让苏凤唱两段小曲听听，苏凤都礼貌地避而远之，抑或找些冠冕理由搪塞过去。

如此日子一长，白青莲也便觉得自个儿拿住了苏凤的气焰，渐渐地也就不再找她的麻烦。

她不找苏凤的麻烦，倒是麻烦自然找上了她。

那日下午，书静和书齐从学堂里放学回来，邀了几户人家的毛头小孩来府上耍玩，先是几个孩子热热闹闹围在一团拍画片，待到拍累了，不知是哪个小孩提议玩捉迷藏，一呼百应，风风火火游戏便开始了。

开局便是书静抓,其他人躲。书齐一心躲得刁钻,从后花园直窜进前院的厢房,躲进了白青莲的卧居里,慌慌张张找躲藏的地方时,不小心碰翻了白青莲梳妆台上的首饰盒,砸碎了她嫁妆里一只价值不菲的翡翠镯子,好死不死,白青莲刚从隔壁王太太家打麻将输钱回来,心情正是不悦,又苦于无处撒气,而这一幕又正巧被她撞见了。

白青莲气急,二话不说将书齐拎起来就是两巴掌扇过去,又好一顿教训:"有娘生没娘教的东西!学堂里的先生没教过你不能私自闯进别人房间啊?没教过你不能随便动人家的东西啊?"

白青莲话音刚落,书静就兴冲冲找了过来,见弟弟被婶娘掌掴得哇哇大哭,她也没吭声,只是站在一旁,狠狠地瞪着白青莲。白青莲回头一看这嘴脸,又对书静乱吼一通:"死丫头,你那是什么眼神!再这么看人,小心我把你眼珠子抠下来!"

书静二话不说,瞪着发红的眼,咬着稚嫩的腮帮,跑进屋里,带着书齐一阵连跑带哭,跑到他娘那告状去了。

不多时,宋福如火急火燎带着两孩子过来,后面远远地跟着一众看热闹的下人和玩耍的孩童。宋福如当着白青莲的面厉声厉色地呵斥书齐,命他跪下,给你二婶子道歉。

书齐闻言,吓傻了,刚收住的哭声,立马又炸裂开来,怔怔地站在屋里。宋福如又吼了一声跪下,书齐这才"扑通"一声跪下,又一把鼻涕一把泪哭着给白青莲道歉:"二婶,是我不对,我不该闯进您和二叔的房间,不该碰碎了您的首饰!"

白青莲见孩子哭得惨,下人们也都瞪直了眼睛巴巴地望着,硬是有些下不来台,只得尴尬地向大嫂赔笑:"大嫂您这又是何必呢?孩子也不是故意的,我刚才也是气头上,轻轻地碰了他两下,也算是教育过了。孩子还小,别为难孩子。"又走向书齐,要扶他,怯生生地说,"起来吧,书齐,以后当心些就是了。"

宋福如又一声暴喝:"不许起来!做错了事,就得认错,就得长记性!免得落人口实,说有娘生没娘教!"

白青莲侧头看了一眼近旁的书静,书静是一脸的愤恨。想必这些话也尽是这半大丫头传过去的,心中是又恨又悔。只见白青莲脸色更难堪了,声音便也跟着更怯弱了:"大嫂,我这……你也知道,我向来嘴皮子冒泡没个遮拦的。行,算我白青莲不对,你也没必要闹得大家都难堪,让底下人看笑话不是?"

"哼,这笑话怎么会闹到你身上呢?是我这个做大嫂的没教好孩子,这是孩子的错,也是我的错。"宋福如又一记冷哼,"不过话说回来,这也不怪你,你当娘也没当上两天,也不知道为娘的难,为娘的苦,为娘的不容易。"

"你这嘴巴里含着钢针说话,是什么意思?"

"没什么意思,你最擅长的就是揣着明白装糊涂。"宋福如又转头向跪在地上的书齐,"书齐,起来吧,既然你二婶原谅你了,以后长点记性,别往这晦气屋子里跑就是了。我们走。"

言罢就带着书齐出了门去，独留这屋内的白青莲气得是又摔脸盆，又摔茶盏的。她和大嫂宋福如这梁子也便算是结下了。

但还没等她盘算好，该如何报这仇，最大的麻烦便又找上了她。

——她和周管家的事，终归是东窗事发了。

那日，梁老爷过五十九岁生辰，在望仙楼设了家宴，全家吃罢又去长丰戏院听戏。白青莲借故，说是腹痛，与老爷求了原谅请了辞，提前回了梁府。

白青莲回到梁府便直接钻上了周管家的床榻。

不想，这边厢，一阵吭吭哧哧铁戟银枪，这戏台上的戏方开始，老爷他又咳疾复发，一众人等又不得不浩浩荡荡打道回府。方进得梁府，大嫂宋福如便着急忙慌地叫梁友道赶紧去周管家那取药。

梁友道急忙忙冲进周管家的屋子，一句"周管家"还没叫齐全，便撞上了白青莲和周管家两具赤条条白花花的肉体纠缠在一块……

拿贼拿赃，捉奸捉双。

梁友道顾不上愤怒，上去照着周管家的腰上就是一脚，一声暴喝："畜生！药在哪？！"

白青莲受惊，应声尖叫，跌至床下，卷着衣服，连滚带爬地缩到墙角去。止不住一直尖叫，浑身跟冬日落水的麻雀似的，抖个不停。

周长青的瘦小身板哪受得了梁友道那壮似肥牛的一脚，跌坐在床墙根，捂着肚子哆嗦，不明所以地叫着："大少爷饶命，大少爷饶命！"

梁友道见他一副孬种衰样，答非所问，又一阵风过去，两记耳光扇得震天响："老爷治咳疾的药在哪？！"周长青这才停下讨饶，颤巍巍地举起手来，指着对面柜子。

梁友道悠悠转身，扫了一眼白青莲，朝她吐了一口口水。

白青莲继续惊叫，好似暴雨夜的闪电，一直闪个没完，一道道地将漆黑如墨的夜劈得惨亮。

登时，老爷太太们你搡着我我搡着你闻声赶来，一见此情形，皆瞪圆了眼珠子。白青莲这惊叫声，招惹得下人们也都利索地穿了衣，点了灯，赶将过来，一探究竟。

周管家的小屋里，一时里里外外挤满了人。

这一群人里，各色表情丰富至极，惊恐的、愤怒的、冷笑的、镇定的……应有尽有。

梁秋声一声怒喝："都给我死开，谁敢在这站着，明个就卷铺盖滚蛋！"

这一声怒喝，喝退了丫鬟伙计们。

苏凤站在宋福如身旁，明显地看到她的嘴角，微微地向上提了提。

二哥梁友信颜面尽失，他一瘸一拐地走上前去——这些时日，秋寒浸骨，他的腿疾又犯了——只见梁友信闷声不作气便提着白青莲的头发，对着脸就是一通乱扇，嘴里是无尽的骂骂咧咧："臭婊子，不知廉耻的臭婊子！"

他脖子上的青筋扑棱棱地暴起。

白青莲被扇得再也叫不出来，撒开手抱着梁友信的腿哭号："友信，友信！求求你，放过我……求求你！"她手一撒开，衣服滑落，便露出两颗半大不大的乳房，在黑夜里，随着她的哭号摇摇晃晃的。

梁夫人立刻拢起佛珠，侧过身去，仰天闭目念起来："南无阿弥陀佛，罪孽，罪孽……"

梁老爷一时急火攻心，倒了下去。

情势更乱了……

活生生的一出戏，这可比冷冰唱过的任何一场戏都要生动精彩得多。

其后，梁友道和宋福如安顿老爷太太的同时，梁友信瘸着腿将脸已肿作包子、满嘴冒血的白青莲，如拖一条褪了毛的鸡一般，拖到后院的老井边，铁着脸直将她往里掼，嘴里还一直咒骂着："寡廉鲜耻的淫妇！臭婊子！"

白青莲拼尽力气，抱着梁友信瘸着的腿，叫喊："友信，友信，放过我，你放过我！我再也不敢了！"

两人翻来覆去皆是这几句话。

梁秋声和苏凤生怕出了人命，一路追随上来。梁秋声见状，连忙冲上前抱着梁友信的腰间："二哥，冷静些，冷静些！"

"你滚开！我今儿非弄死这贱妇不可！"

挣扎间，梁友信胳膊肘错伤了秋声的左脸。秋声一个闷声脱了手,往后一个趔趄,险些没站稳,自顾自捂着脸,又叫苏凤上前去拦。苏凤赶将上来,微微照看了下秋声,见白青莲真要给摁下井里去了,又忙上前抱着梁友信的腰,叫喊道:"二哥,莫要冲动,莫要冲动!"

友信伤了秋声,恍惚间又被这美人弟媳抱着了。被这样一个漂亮女人抱着,梁友信无论如何也就没有此前那般挣扎了,但他仍旧抓着白青莲的头发,要提溜着她往井里送。

此时,几个伙计也唯唯诺诺地跟了上来,是近身也不是,不近身也不是。

梁秋声捂着腮帮子,一声呵斥:"还不快把二爷拉开!"

几个伙计这才忙上前来,架开了梁友信,苏凤这才得以松了手,喘着粗气回到秋声身旁,来照看他脸上的伤势。

伙计们架开了梁友信,没了主意,定定地站在那。

梁友信还在蹬着腿骂,边骂边不知为何就哭了,哭了也还在骂:"你这臭婊子,叫我以后怎么做人?"

白青莲趴在井边,边吐着血水,边喘着黑气哭。

"将二爷扶回房间,好好照看着。"梁秋声朝伙计们吩咐道,其后又唤来几个躲在墙根看热闹的丫鬟,"还不滚过来!"

几个丫鬟又黑着胆忙不迭跑过来。

"将二少奶奶送进云萍姨太的房间。还有,今晚的事,要是有人向外头走漏了半点风声,这口井就是你们下半辈子待的地方,听到没有?"

丫鬟们怯懦地点头,连忙去扶白青莲。苏凤见白青莲一副赤条条的模样，又忙脱了自己的丝绒外衣，给白青莲罩上。

白青莲垂着头，从苏凤身边经过时，斜着嘴角笑。待到行至苏凤身后了，她还在直直地望着她笑，幽幽地说道："你们没一个好东西！"

待到离开后院时，她仿佛陡然醒悟过来似的，又是仰天一声暴喝："宋福如，你个贱货！你不得好死！"

苏凤听到她的这一声暴喝，心中一紧，不寒而栗。她打了个冷战，抬头间又看见天上的月亮，仍旧那般白汪汪的亮，似幼童清亮无辜的眼，又似寒气逼人的剑。

这边厢，梁友道安顿好了老爷太太，便利索地赶到柴房里，下了狠心，吩咐长工们将周长青一顿黑头黑脸的毒打。长工们手重，三两下拳脚下去，便打得他直吐黑血，连告命求饶的话都说不动了。

梁友道见他躺在地上蠕动，脸上已无周全之处，更觉厌恶，又照着他的裆部猛踹了几脚。就这么一阵昏天地踢，周长青传宗接代的蛋被踢爆了，直接晕死过去。

梁友道见状便又吩咐几个长工将他拖到梁府后门拐角的垃圾场扔了去。

但不知是周长青命大，还是阎王爷的小鬼告了假，忘了收走他，他又活了过来，且在不久的将来，他又回到了梁府——以另一种身份，另一种要命的身份。

三

一阵秋风扫落叶，天气便一日见着一日地冷了下去，寒气也渐渐地重了。两场秋雨下来，城郊的沙杨银杏便黄透了，街边的两排法国梧桐也跟着凋了个干净，光秃秃的，像一溜光着胳膊等着工头训话的垂头丧气的码头工人，又像是一排没娘的痴傻大个，规规矩矩地凑在一块不知所措地发着呆……

倒是城里的墙根处，开满了朝生暮死的，或淡蓝，或深紫的牵牛花，妖冶艳丽至极。其他的一切，都是一副灰不溜秋要死不死的模样。

北方秋日的光景，总是透着一股哀静的气质。

不知从何时起，苏凤却无来由地喜欢上了秋日。她喜欢秋日里的冷阳，满街枯黄的落叶，还有海边渔港上那些一派死气的渔船。

而整座梁府上下，亦是一派死气。

白青莲和周管家通奸事发之后，白青莲便一直被关在了云萍生前的屋子里，一日三餐有人照应吃食，宋福如三不五时也派人送些衣物煤柴进去。衣食是无忧的，就是没了自由，没了身份地位，也没了所谓的尊严。

白青莲关进去不多时，黑夜里便总能听到她养的那只用来吓唬苏凤的黑猫的凄厉惨叫，以及她自个儿的鬼哭狼嚎。她总是一阵接一阵黑天暗地叫着："云萍回来了，云萍回来了。"有时亦叫骂梁友信不是男人，有时也凄声哀求，放她出去。更多的时候还是在叫骂:"宋福如,你这贱货,你不得好死。"

后来,猫不知是死了,还是跑了,猫不叫了,白青莲却仍在拼命叫唤。

底下的婆子丫鬟们都说她疯了,住在那个屋子的女人都得疯。

对此,二哥梁友信不闻不问,他像丧失了生之为人的乐趣似的,成天将自己锁在他的小木屋里,不愿见人。

他觉得自己没脸见人。

近来,日本人要打过来的风言风语一直在坊间流传,不见平息。家里的几处营生,梁友道不得不隔三岔五地跑,生怕砖厂粮厂里出了什么乱子。

老太太一直窝在佛堂里念经。

宋福如对白青莲的叫骂亦是不闻不问,照样一副太平模样,操持着里里外外的家务活计。只是有一天夜里,书齐躺在床上奶声奶气地问宋福如:"娘,二婶为什么如此咒骂你?"宋福如心里才咯噔一下,陡然就觉得身后寒气逼人,总觉得有一双阴森的眼睛死死盯着她。宋福如强打起精神,呵斥书齐,禁止他和书静以后往后院那屋子边去,说是不吉利。说完便起身打了个抖,匆匆回了房,抱着友道睡过去。

老爷自从他生辰那夜倒下之后,身子是越发不见好。深秋一来,身上的寒气也跟着重了,咳喘是越发厉害,总止不住。

都说逢九有大劫,秋声怕有个万一,便去信,又打了越洋电话,叫小妹梁如美暂休学业,回来看看老爷。

梁如美没买上机票，在海上漂了三个多月。等如美坐船回到天津时，又是一年春打头了。

这年春天，日军进逼北平天津的消息不绝于耳，但到底也没见着个一枪半炮的，平头老百姓该怎么过日子，还怎么过日子。提心吊胆的，倒是些有家有业的名流商客们。

如美回来时，身后还跟了个妙龄女孩，名唤周媚景。长得眉清目秀的，一对标致的柳叶眉下一双眸子像会说话似的水亮。说是在伦敦住一块的室友，两人感情特别要好，还拜了姐妹。

回来当天，宋福如便招呼下人们收拾一间客房出来给媚景住，被如美拦下了，说是住一间屋子习惯了，就让媚景跟她睡就行，不用麻烦了。大嫂宠溺地笑着点了点她的额头，也就依了她了。

如美回来的第二天，一大清早就欢脱地冲到梁秋声的房间。

"三哥，三哥！我来看我三嫂来啦！"

人还未进门，叫唤声便先闯了进来。

杜鹃正在伺候苏凤洗漱。

如美也没敲门，径直推门就进来了。一进门发现三哥不在屋里，只见一如花女子正在镜前梳妆，说着就凑上前来，拉着苏凤的手笑道："啊，这就是我三嫂了吧？长得真漂亮！我三哥呢，怎么不见他？"

苏凤一见这热情的水灵人就喜欢，忙站起来，牵她的手：

"如美，你总算是回来了。你三哥大清早就到盐厂去了。常听你三哥提起你，说你是个鬼灵精怪。"

"就知道三哥不会说我什么好话。来来来，不管他，我给三嫂你带了条在伦敦买的波希米亚产的丝巾。"一壁说着，一壁就开始将她手中的礼品袋拆开来，"快戴上看看，合适不合适。"

苏凤戴上这条藏蓝色丝巾，如美从镜子中瞧了瞧："真漂亮，衬得三嫂皮肤更白了！"

"早就听说你这小嘴甜得抹了蜜似的……"苏凤说着就从自己的妆奁盒里抽出一支翠玉红珠凤头钗来，"我也没什么好送你的，今个第一次见面，就把我这第一次上台时穿戴的凤钗送你了，你莫要嫌弃它老旧。"

"三嫂这说的哪的话！不过说实话，我顶不喜欢这些女里女气的镯子啊首饰之类的。不过如果你不介意的话，我收下送给我那同学媚景啦，她喜欢这些玩意儿。"这一说一笑，如美脸上的两个小酒窝就陷了下去，可爱稚气极了。

"怎么会介意，送给你就是你的了。你爱怎么处置就怎么处置便是了。"

"谢谢三嫂！那我先不打搅你梳洗了，我拉上媚景去盐厂找我三哥去，等有空再来找您闲聊。"

"得，你去吧。"

苏凤看着这个二十上下的小丫头孩子气蹦蹦跳跳地跳出门去，心下里觉得这梁府总算是有些活脱气质了。

她是真喜欢如美这丫头。

如美回来后的第三天，梁友道便抽空合计着给她办了个不大不小的接风宴，一是为她接风洗尘，二是近来家里也不太平，顺道算是冲喜了。

那日，老爷穿了一身大红夹袄，太太还是一身青黑的简衣素服，跟个老气横秋的道姑似的。一家人围坐一桌，竟贸贸然有些过年的气氛。

一桌的鱼肉鸡鸭，美味珍馐，摆得满满当当。

"老爸，您今个怎么穿得像是过寿似的，这么喜庆。"

"什么爸不爸的，叫爹！"

"这您可就不懂了，在外国，管爹都是叫爸比或爸地。咱们如美留洋回来就是不一样，洋气！"秋声解释。

"爹就爹，还加个什么地。"

"哈哈哈，爸，你就是个老古董。"

闻言，一桌子人就笑开了。

全家上下，也就只有如美敢这么和老爷说话。

如美的头发留长了些，但还是脱不了一身男孩子的臭习气，脸上堆着天真的笑，边说着，边不住地站起来给周媚景夹菜，说话也是颇大气活泼的。

"哎呀，你们都不知道在英国那鬼地方，吃口米都难，成天的面包牛奶，要不就是血淋淋的牛扒羊扒，连个酱头咸菜都难得一见，可算是没把我憋死！"说着便又往周媚景的碗里夹了一筷子红烧肉，"媚景，你吃啊，傻愣着干吗。咱家李妈烧的红烧肉可好吃啦！在英国我可是想都想不着哩。"说着又回头对着刚端菜上来的李妈笑了笑。

李妈亦是一脸的慈爱,望着她,叫她多吃。

周媚景坐在一家人中间,显得颇有些不自在。只见她碗里的菜已堆得山高,如美还不停地给她夹。

"泼猴!去了趟英国,也没一点女孩子该有的样,我看你以后怎么嫁得出去!"梁老爷见了小女儿回来,家里总归有了些生气,心里高兴,身子也跟着好了些似的,所以声音也理所当然显得洪亮了不少。

"谁说我要嫁人了?我才不喜欢那些臭男人呢,总是臭烘烘的,一身汗味。而且不知道为什么,有些洋人身上总有股说不清的膻味……"

说着就小嘴一嘟,拿手在鼻子前扇了扇。

见状,家里桌上便笑开了。周媚景亦笑。

"媚景啊,你和小美关系好。咱们家的小猴王在英国有没有她看上的对象啊?"大嫂大声调笑如美。

"嗯……"周媚景咬着右手食指,想了片刻,转头看着如美,"这个我就不知道了,这种事,她从来不跟我说的。"她又停了片余,"我想,应该是有的。"

"你这死丫头!"闻言,如美的脸便瞬间红了,边说边动手掐媚景的腰。两人好一阵闹。

"看你这脸红的,看来咱们家通天的猴王,有心上人咯。"梁秋声紧跟着打趣她。

"哪有!"说着又回过头来,拿筷子敲媚景的头,"都怪你,都怪你!"

席上便又笑开了。

苏凤望着这俩水灵姑娘嬉笑打闹，心里喜欢得紧，但也没有任何言语，只静静看着。

"来，猴儿王，跟我们说说你这心上人长什么模样啊？是中国的，还是外国人啊？"打小，就因岁数相隔最小，自然也因是打一个娘胎出来的，所以他俩的关系也就最好。这样难得打趣她的机会，梁秋声哪肯放过。

如美眼睛滴溜溜转了转，然后低头不响，埋头吃饭。

饭桌上就又笑开了。

陡然，她又像是想起什么似的，向二哥梁友信开腔问道："唉，二哥，怎么不见二嫂啊？"

打她回来，见过了堂上父母，拜会了新进门的三嫂，便连拉带拽地拖着周媚景四处逛去了，哪有闲工夫管家里发生了哪些变故。

席间气氛突然之间便僵了下来。

二哥一时无语。

大嫂跳出来解围："你二嫂啊，近来身体不舒服，所以今天就没出来。来来来，如美吃菜吃菜，好好照顾你同学。"

"哪不舒服？"

从小便是打破砂锅问到底的个性。

"你有完没完，非得问个底朝天！"梁友信一拍筷，瘸瘸拐拐起身离席走掉。

书齐受了惊吓，陡然就"哇哇"地哭起来，姐姐书静见弟弟哭，也便跟着哭了。宋福如将孩子拉下桌，一顿好哄。

周媚景愣住。

如美亦愣住，茫然地望着桌上其余的人，眼神里尽是疑问。

全家也都不响。再无食欲。

"散了罢，散了罢。"梁老爷开声。

下了席，如美便将梁秋声堵在走廊里，揪着秋声问个究竟，梁秋声支支吾吾地答，如美不得要领不依不饶，秋声也知道她的脾性，也便一五一十地给她全道了明白。

不想如美听完，没焦没躁，亦没愤怒，只道是，想必二嫂也有她的难处，便放了秋声回房。

不远处，周媚景静静地等着她，待她过来，便牵起她的手，向如美闺房走去。

苏凤挽着梁秋声，不忍又回身扫了一眼这姊妹二人，便笑叹："这俩姐妹感情是真好，好得不像是姐妹，倒有些像是情人了。"

"瞎说什么胡话！"秋声宠溺地刮了下苏凤的鼻子。

苏凤靠在秋声的肩膀上笑起来。

天上月圆，人间月半。

第四章

一

民国二十二年。

这年的暑天，异常的闷热。蝉声搅得人心烦气躁。

魏府宅子在这大热天里，办了一喜一丧两件大事。先是月儿的周岁宴，其后没两天，便是燕儿阿母暴毙的日子。那日，燕儿阿母出门给外孙女置办些吃穿用度的物件，在大街上避让洋车时，不小心自个儿将自个儿绊倒了，摔了个跟头，脑袋直接磕上了道旁的石头台阶，就这么给摔死了。

这前后的一喜一悲，将燕儿折磨得不像话，几日之间便好似老了好些岁。

苏凤听闻此事时，冷不丁抬嘴一笑，这出"穿着孝服拜天地"的戏也够她燕儿受的了，片刻后，心里不知怎地似乎又有些微同情她似的，心不由得跟着七上八下起来，总之不是个滋味。话说回来，无论如何苏凤是真没想到那老东西会就这么去了，死得也真叫个荒唐利落。相较阿母的死，也算是便宜她了。

苏凤不禁又想起阿母临终前的模样，彼时阿母简直瘦得如一根发育不良又脱水干瘪掉的山药，连皮带骨恨不得一折就断。由于长时长日卧病在床，直到阿母临终前，才发现她身子背面由上至下，几乎没有一寸完整的肌肤，全都生了褥疮，长了脓胞，其状简直惨不忍睹。

自从阿母拉着苏凤算卦回来后，不知何故地就眼见着她一日日瘦下去，问了几家大夫，大夫都说不清原由。最后灶上的妈子说，莫不是沾上了什么不干净的东西罢。老父又专门请了道士过来驱邪，却仍不见好。

日子一日接着一日过去，苏凤日日趴在阿母床头问，阿母你怎么了？夜夜求她，阿母，给凤儿讲鬼故事啊。每每此时，阿母便只得有气无力地笑，虚无地向空中摆摆手，凤儿乖，阿母讲不动了。阿母要睡了。你要懂事。

阿母又如此卧病在床耗了一个月有余，终于在六月的一个透亮的清晨撒手去了。彼时苏凤还游荡在睡梦里。她清楚地记得，那个早晨她梦见阿母坐在院子里的合欢树下纳鞋底，她缠在她的脚跟处，求她讲故事……彼时，正好头顶合欢树上的最后一片叶子凋了下来，阿母便开始讲，从前有一只狐妖，就住在一片合欢树叶子里……故事方讲至高潮处，阿母却陡然被一团烈火困住，阿母站在熊熊烈火中，痴痴地望着她，对她说，凤儿，后头的故事阿母讲不动了，阿母累了，阿母要睡了，你要懂事……

梦中阿母的声音还未落，苏凤就被灶房的妈子推醒，说阿母去了。苏凤连衣服都没穿，穿着个裤衩，光着身子就连奔带窜地来到了阿母的房里，扑通一声跪倒在阿母的床前，拉着她的手说：阿母，阿母，你的故事还没讲完呢……后来呢，后来那狐妖怎么样了？

反反复复地问，一壁问，一壁眼泪就扑簌簌地下来了。

此前，苏凤一直以为阿母是死于疟疾，或者说是死于天命。直至阿母死后两年的一个傍晚，苏凤这才得知阿母离世的真相。

那日她与燕儿还有几个黄毛丫头在家中玩捉迷藏，她方躲至燕儿阿母的衣柜里，燕儿阿母便领着一个瘦皮老头进了屋，燕儿阿母语气极其不悦，却又不敢声张，压着喉头朝那瘦皮老头吼道："我说你别给脸不要脸，当初那事情，咱们已钱财两清，你现在又回来倒打一耙，你要脸不要？"

"我还真就不要脸了。当初你找我拿药毒害大房太太的时候，就该知道会有今天了。别废话，你给钱不给，不给钱，我今儿个就直接把这事给捅到你家老爷子面前，看谁不好过。"

"你这臭不要脸的，我警告你，这是最后一次。如果下次你再敢来，老娘我豁出去了，也不会让你好过。"说着便见她转身去取她的钱袋子，交给了那瘦皮老头。

那瘦皮老头接过了钱袋子，掂了掂，大步流星推门出了去。

听闻这些，苏凤憋在衣柜里，大气都不敢出一个。燕儿阿母送走了那瘦皮老头后，又折身回来在屋子里坐了片刻，叹了口气，又出了门去，大声寻呼："燕儿，燕儿？死丫头死哪去了……"

燕儿阿母方出去，苏凤悬在眼眶豆大的眼泪就止不住地落了下来……

其后，其后又发生了什么呢？

不过是苏凤将这些告诉了老父，求个真相，要个原委，为阿母亡灵做个主，但燕儿阿母却巧舌如簧胡编乱造，其后又不断给老父吹枕边风，终于没多少时日，苏凤这才被老父送出了门，送至了一个江湖艺人那，让苏凤跟着学杂技。

杂技师傅日日酗酒，酗酒完了就抽几个孩子，逼他们起来顶碗压腿练功，两个男孩子正值叛逆期，不听话，师傅就是一顿毒打。苏凤吓得怕，就只得顶着困意去练，一顶就是一宿，连师傅醉得睡了过去，她都不知道。苏凤学得快，很快便出师挣钱。头次面对乌泱泱的人群，苏凤紧张，在五六米高的凳架子上，腿抖得厉害，一个不小心就摔了碗，一群看热闹的民众就喝了倒彩，这摔了碗不打紧，但观众们一喝倒彩小苏凤就慌了神，小腿肚子抖得更是厉害了，陡然一个重心不稳，连人带碗带凳子就全砸了下来，观众就一片嘘声炸开了锅，散了开去。师傅气急，拎着鞭子就来抽苏凤，苏凤惊声尖叫，这叫声便引来了教苏凤唱戏的黄师傅。

这戏园子的师傅，眼光都是顶毒辣的，听音识人亦是不在话下的。黄师傅，一耳朵就觉得这孩子，声色清灵凄婉，拨开人群一瞧，这身段也是刚柔并济极好的，清秀的眉眼中又透着股韧劲，一看就是祖师爷赏饭吃的模子，黄师傅料定这是块坐科唱戏的好料。于是，黄师傅二话不说，便花了重金向杂技师傅要了苏凤去。

于是，这才有了苏凤此后毫无定数的漫漫人生……

过往从前，回忆起来都是错，都是不对。好在当前，都好了，都熬过来了。只要有秋声，一切就都是好的，都是对的。

苏凤紧跟着又有的没的胡想了一阵。

想起老父，苏凤就又想起了近段时日，不知为何，她脑子里睡梦中却总想起天桥下遇到的那俩老头。

"大清朝要完了，大清朝要完了。"那长得像老父的长辫子道。

"大清朝早完了。"那瘦老头便回。

"大清朝没完！大清朝怎么会完呢？"

"大清朝早完了。现在，国民政府也要完了！天津也要完了！"

"天津，天津是哪？这里不是京城吗？"

"这里不是京城，京城早完了，这里是天津，天津也快完了！"

"京城没完！京城怎么会完呢？"

"京城早完了，京城现在叫北平了！"

……

翻来覆去，翻来覆去。

苏凤也不知这个梦预示着什么，有时梦醒了，头疼得厉害，一点食欲都没有，身子乏得紧。一整日一整日的，是坐也不是站也不是，吃也不是不吃也不是，不知不觉惶惶然便又是一天过去了。

如此周而复始好些时日，她觉得这样下去实在不行，便命杜鹃去药铺里捡了些安神的药回来，这觉才渐渐睡得踏实，也不再有那俩老头夜夜前来搅扰梦境。

燕儿阿母过世不足月，日军便已逼近了北平和天津，战争一触即发。

日本"731"病菌部队对东北人民残害的消息，传得漫天飞。自清朝倾覆后，军阀混战，普通民众早已被一天到晚的新鲜头条、战报搅得头昏脑涨天旋地转，麻木了。老百姓都觉得，这天下，爱是谁的就是谁的，只要自个儿兜里有钱，缸里有米，有饭吃，有衣穿就行了。现观四下，如今也就只有那些年轻气盛吃撑了没事干的学识分子爱跟着搅风弄水了。

"731"一传开，知识分子鼓动学生掀起了又一轮反战潮流，梁如美和周媚景也都积极响应号召，参与其中。对此，梁友道和梁秋声也没有阻拦，亦没空阻拦，他们想着这学生们吃饱了没事干，闹来闹去，也不是一次两次了，也没见闹出个什么名堂，有什么效用。日本人该在东北放毒还放毒，该在山东打砸抢烧还打砸抢烧。国民党政府有时也假模假样地出兵镇压，维护暂时和平，也没伤着什么人。梁友道只吩咐俩女孩说要当心些，便任由着她们去了。

倒是大嫂拦了数次，说女孩子家家的，还是安分守己些好，但还是拦不住她们那一腔的爱国热情。只见她们二人同出同入，每天提着大字报，打着"保卫中华，抵抗日本"的旗号，兴冲冲混在一众年轻学生当中，走街串巷游街示威。后来，也没见她们磕着碰着，也就任由着她们瞎折腾。

苏凤窝在家中，也不外出。只是每天都吩咐府上的下人们，去买份报纸给秋声预备着，有时自己也拿起来翻翻看看。

老爷子的身子越发不见好，长时长日地卧床不起。老太太仍旧不问世事，躲在她的佛堂里念经诵佛。

这一日，梁秋声从盐厂赶回来，满脸的血，骇得苏凤心里一惊，忙招呼杜鹃打来热水，又叫大夫。

"到底怎么回事？"苏凤边帮他擦血，边关切地问。

"果不其然，盐厂那边造反了。打头的就是那长着反骨的秃子李大深，他带头闹了起来，集体罢工。说是国家都要亡了，还做什么工，都打仗去！"

"这不是还没打到我们这么！"

"听他们的，什么卫国战争，那是放屁，他们不过是想坐地起价，想让我给他们涨工钱罢了！"

"那就听他们的罢，保全平安要紧。"

"这些吃人不吐骨头的东西，有了第一次就有第二次。"

"所以你就和他们打起来了？"

"咱家的钱也不是大水打来的，凭什么任由着他们宰割！"

"你也真是，你单枪匹马，他们一伙二三十人，你怎么压得住！"

秋声再不作声。

"那现在情况怎样？盐厂还能正常开工吗？"

"莽林里的大虫子还能给猴儿欺负咯？这年头，兵荒马乱的，什么都不好找，就讨生活找活计要吃食的好找。我二话不说到码头拉了一票人过来，让他们闹事的都给我滚蛋，结果一大半连屁都不敢再放一个，低着头回去做工了。只有李大深带着几个拉不下面子的，气冲冲地扬言打仗去了。"

"那就好。你日后也不要这么冲动。世道不太平了，有些事能忍则忍。"

"你个妇道人家，懂什么！"秋声还在气头上。

苏凤就再不作声，她体谅他的难。她不过是想在乱世中，守着这个男人，安安稳稳过一辈子，一辈子为他洗衣做饭养孩子，一辈子看着他就好。

说到孩子，苏凤已有两个月没有来事了，但她还不敢告诉秋声，她怕是大夫一时误诊，又怕他一激动，胎气未稳便惊动了胎儿，更怕这段时日出个什么意外，有个磕磕碰碰的，到时候让他空欢喜一场——这是她所不愿的。

苏凤不说，但宋福如眼睛是顶尖亮的。

又一日，全家人一块吃饭，苏凤陡然作呕，离席清理自己，回来时大嫂便问："小凤，你莫不是有了吧？"

此话一出，梁秋声眼睛登时就亮了，停下饭筷，屏气凝神地望着苏凤，喜在眉梢上，期待也在眉梢上。他吞了吞口水，忙不迭连问两声："凤儿，是不是真的，是不是真的？"

苏凤赧然一笑，点点头。

梁秋声跳起来，二话不说便抱着苏凤转起了圈："我要做爹咯！我要做爹咯！"

苏凤不知是不是每个人在激动喜悦时，都会将嘴里的话重复一遍又一遍，她只紧张地小声地又羞涩地说，"大家伙儿都看着呢！"

这时，大嫂宋福如才笑骂着提醒道："小心肚里的孩子！"

秋声闻言这才停下手中动作，轻轻巧巧地将苏凤放下来，安顿她坐下，又蹲下身来摸了摸苏凤尚未隆起的肚子，柔声细语地说："噢，宝贝，不好意思，不好意思，爹太高兴了，没伤着你吧？好好在娘肚子里待着哈，等你出来了，爹买好多好多好吃的给你吃。"说罢，又捧着苏凤的额头亲了又亲，"凤儿，你实在太棒了！"瞬间，他又拉下脸来，"不，你太坏了！你为什么不早告诉我？！"

看此情形，大家脸上都含着笑。唯独二哥梁友信脸上没有任何表情。

还不等苏凤作答，如美就连蹦带跳地跑过来，一把推开她三哥："瞧把你开心的，那没出息的样！"又蹲下身来，抚摸着苏凤的肚子："小乖乖，我是你姑姑，以后要是有人欺负你，你就告诉姑姑我，姑姑一定痛揍他一顿，特别是你爹！"

此话一出，桌上的人又都笑了。

大嫂招呼道："来来来，大家都别站着了，也都别再难为小凤了，她不吃，肚里的孩子还要吃呢！"说罢，她又朝向秋声说:"待会吃罢了饭,你去给老爷道个喜报个信,也让他高兴高兴,指不定听到这个好消息,他的病立马就好了起来也说不准。"

梁秋声闻言,又放下碗筷,道一声,我这就去,便飞燕儿似的朝老爷的房里奔去。

梁友道摇头笑笑:"这么大了,还跟个孩子似的。看来是真把他乐坏了!"说着看了看满脸木然的梁友信,摇了摇头。

不久,就又是一年冬令时节。天津城的雪,从未迟到过。冬至未到,这第一场雪就急不可耐地在天津城扬扬洒洒下了起来。

时至腊月,苏凤的肚子微微有了隆起之势,秋声每日都会贴着苏凤的肚子和里面的孩子说说话。秋声总贴着肚子叫唤:"儿子,你还好吗?"

"你怎么就认定是个儿子?"

"我梁秋声就只有生儿子的命。"

"瞧你那德行!"苏凤说着就笑起来。

"你希望是女儿?"

"女儿体贴。"

"儿子有出息。"

"怎么没瞧见你有出息?"

秋声闻言,一个白眼瞪过来,宠溺地捏着苏凤的鼻头,逼问:"嗯?你倒说说我怎么个没出息?嗯?"

苏凤就咯咯地笑出声。每每此时,她都觉得自己是全天下最幸福的女人。她此生别无所求,她只求秋声一直在她身旁,孩子平安降生,虎头虎脑地长大。

可不知为何,自从她怀了孩子后,她心中总有一种惴惴不安、不祥的预感。

于是,她拣了个晴好的日子,叫杜鹃随自己一道去寺庙里烧了烧香,拜了菩萨之后,心果然安定了些。

回行时路过天桥,她又看见那个长得像亡父的老头,坐在大雪初霁的桥底下,瑟缩着身子,嘴里碎碎念着什么。苏凤走近了两步,细看之下,他的长辫子不知被谁给剪了去。而且身边那个瘦老头也不知去向。

走近了,她终于听清了他碎碎念的是什么。

"大清朝完了,袁世凯完了,京城完了,天津城也快完了!"

一遍又一遍。

苏凤准备再走近两步,打赏些银钱,顺便问问那个瘦老头的去向,却生生被杜鹃给拽住了。杜鹃恳切地朝她摇摇头。

苏凤懂她的意思,也便一步三回头地随杜鹃打道回府去了。

回到梁府,苏凤又接连几日都梦到桥下的乞丐,幽幽地说:"大清朝完了,袁世凯完了,京城完了,天津城也快完了!"苏凤捂着耳朵跑,那乞丐就追上来,跟在她身后念。苏凤躲到哪,他都能找到她,也不伤害她,只在她耳边悠悠地念那句话,反反复复地念……

"大清朝完了,袁世凯完了,京城完了,天津城也快完了。"

每每从噩梦中醒转过来,她都觉得自己仿佛要虚脱似的,甚至有时候她自己也会念着这句话从梦中醒来。

她每次从梦中惊醒,秋声都会抱着她,抚摸她的背,反反复复安慰她:京城没完,京城怎么会完呢?天津城也没完,咱们梁家更不会完。乖,睡觉,咱们睡觉……

谁承想,苏凤肚子里孩子尚未降生,这梁府还没完,倒是魏豪生先倒了台。

二

民国二十三年五月,初夏。

惶惶然大半年过去,苏凤的肚子眼见着越来越大。这大半年间,传言中的日本人,终归是进入了天津城,霸占了八里台,开始大肆修建机场。一时间,天津城内人心惶惶,四处民不聊生,北郊城外处处都是逃难的难民,乱葬冈里尸横遍野。

日本的部分军队率先进驻了天津城北,首先强取豪夺霸占了城北郊外魏豪生的煤厂。

五月的最后一天,魏豪生闻讯赶至出事的煤窑时,眼圈都急红了。往自己煤厂赶的路上,魏豪生是三步并作一步走,一步一个踉跄,两步一个心慌。到了煤厂门口,只见一胖一瘦两个日本兵看守在外,他举起双手堆着笑继续往里走,日本兵不由分说将他拦下,问他是干什么的,其后又叽里呱啦端着枪叱令他滚开。

魏豪生嬉皮笑脸，朝两位看守不住地点头哈腰，然后又双手合十作揖，待到他们敌意渐消，他又是伸手进口袋掏银钱的，又是殷勤地给两位日本人递烟。

伸手不打笑脸人。两位日本人回头看了看，见没有长官，收了钱接了烟，然后这才收起了刺刀。

魏豪生又谄媚地燃着了火柴，给胖瘦二人分别点上。

"二位太君，能否带我去见见你们的太君？我原来是这个厂的老板，有点事想跟他合计合计。"魏豪生极尽所能降慢语速，学着日本人说话的腔调，且边说边比画手势，模样滑稽极了。

两个日本人，听得稀里糊涂，一副不解的模样。

魏豪生便又着急忙慌地边说边比画了好些遍。

日本人终于好似听懂了，瘦个子招呼着他往里走。他将魏豪生领到了魏豪生曾经的办公房门口，便又让他停下，独自一阵小碎步咚咚咚跑进去通报。

魏豪生站在门口，环视一周，做工的都还在做工，只不过多了好些日本卫兵持枪把守着。

一个老工头，见是老板来了，正伸长了脖子唤了声"魏老板"，声音尚未落地，就被一个瘦削的年轻卫兵一脚踹趴下了，骂一声"巴嘎"，然后用刺刀抵着他，连踢带踹地命他赶紧干活。

魏豪生心中是万千郁闷与不悦，心里纳闷个不停：这偌大的煤厂昨个还跟着老子魏豪生姓，今儿个怎么就更名改姓了呢？一想至此，心里又骂了千万遍操蛋的日本人！

登时,那个瘦的日本兵出来请他进去,魏豪生又立马变幻了嘴脸,点头哈腰满脸堆笑地随他去。

一壁进到办公房,一扫眼,只见他屋里的陈设尚未有什么大的改动,只是后面的墙壁上原先悬挂的中国地图已经被日本人扯下,换上了他们的军旗。军旗下面,坐着个高挺魁拔的日本军官,一身的褐绿军装衬得他越发的威严笔挺,一副寸头,一副细框银边眼镜,模样倒还算是斯文。只是他人中处的那一撮卫生胡叫魏豪生感觉异常不自在。怎么留这么撮胡子,跟他娘的鼻毛长疯了似的恶心,魏豪生在心里犯着嘀咕。那日本军官也没抬头看魏豪生一眼,旁若无人似的,兀自用笔在地图上圈圈画画。

他身旁站着个瘦小精干的,四十上下的侍从,一身中山装明显过大,站在魁梧的军官旁,便愈发显得他身子的空瘦。

魏豪生与他一对视,那人却似笑非笑阴阳怪气地挑了挑嘴角。不知为何,魏豪生竟觉得这人面熟,好似在哪见过似的。

"魏老板,这位是我们管辖天津北区的渡边一郎少佐。不知您此次前来有何贵干啊?"

好标准的天津话!

汉奸!魏豪生在心头痛骂。

"渡边少佐好!"晃过神来,魏豪生先向军官毕恭毕敬地打了声招呼,又转过头来,客气地问:"听翻译官先生您这口音,像是咱们本地人啊。不知道为什么,看着您,就觉得面善,似乎在哪见过似的。不知翻译官先生您怎么称呼啊?"

"魏老板可真是贵人多忘事啊。在梁府时,咱们前前后后见了不少面,您竟是不记得了。"只见这人走将下来,竟是个瘸子。他左腿像是被人挑了经脉似的,一瘸一拐,走起路来,也不见得费力,想是旧疾了——魏豪生断然是不知道,这便是被梁友道打瘸了的那条腿的,自然他更是不会知道这腿是为什么瘸的。

"梁府?啊!"魏豪生这才想起来,"原来是梁府的管家啊,您瞧我这记性!是熟人就好,是熟人就好。"魏豪生硬拍了下自己的脑袋,正欲要张口问他这怎么就给日本人服务起来了,回念一想不妥,这到嘴边的话便硬是给生生吞了回去,又只好捡着些关怀的话语问,"哟,您这腿是怎么了?之前看着不是好好的吗?"

周长青笑而不答,又问:"魏老板,渡边少佐想问您,此行前来主要是想交代些什么?"

魏豪生便笑了:"哟,您这可就玩笑开大了,我哪敢交代什么啊。我这煤厂啊,能为日本皇军效力,那是我的荣幸。我只是想……"

这还真不知道该如何措辞,才显得比较妥当。

"只是想什么?"周长青挑眉。

"只是想,我这家里十几口人可都指着这煤厂活着,我就冒着胆前来,看能不能跟太君讨口饭吃。"

"你想怎么个讨法?"

"我也没别的意思,只是想看太君能不能看在我这些年好不容易打下的这半壁江山的分上,让我能每年拿这矿上的十分之一,作为家里的糊口费用,也不至于让老婆孩子饿着。"

此时渡边才看了看周长青，意思是想了解魏豪生说了些什么。周长青这又点头哈腰前去一五一十地照着翻译了过去，这其他的翻译倒没什么，只是将那十分之一这个数字，改成了二分之一。

渡边闻言，又瞅了瞅站在他对面的魏豪生，玩味似的笑了笑，然后抬手轻轻地挥了那么一挥。

顿时，屋内的两个日本兵就将魏豪生架了出去，扔在地上，然后举起三八式步枪。

魏豪生见状，连滚带爬地爬起来，朝门口奔来，大叫："太君，太君，十分之一不行，百分之一也可以啊。噢，不不，我不要，我什么都不要了……"

"砰！"一枪打在了他的左腹上。

"砰！砰！砰！"魏豪生话还未说尽，接连着又是几枪。

站在门口的周长青，望着渐渐倒下的魏豪生，朝着他的身上狠狠地吐了一口痰："呸，给脸不要脸的臭王八羔子！"

魏豪生想是到死都没弄明白，自己是因什么而死的。

他断然是记不得他是如何开罪了周长青，以致他要这样害他的。那是约摸四五年前了罢，那日魏豪生酒醉微醺，到梁府宅子上与梁友道谈生意，梁友道临时有事，于是将此事就托付给了管家周长青，让他帮忙应衬着。

魏豪生来时，周长青毕恭毕敬将魏豪生迎进门来，道明了原委，哪想他魏豪生一记冷哼，咬牙切齿地骂道："你算个什么东西，既然梁大少爷不在，那就让梁老爷出来和老子谈，怎么也轮不到你这个看门的,你说是不是?"说着就拍了拍周长青的脸。

上门是客,更何况魏豪生这势力说大不大,说小也不小,周长青一个小小管家是怎么也得罪不起的,不禁只由得尴尬地笑了笑,硬是将这口气忍了下来,道:"我家老爷身体抱恙,不便见客。大少爷临出门前,是真招呼小的和您谈这笔买卖来着。要不咱们喝口茶再……"

"呸!"尚未等周长青话落,魏豪生便一口唾沫朝地上狠狠一吐,"要是这梁家瞧不起我魏某人,大不了这生意老子不做了,让一个下人来跟老子谈算怎么一回事!"

说着就起身气哼哼大摇大摆地走了,走至门口时,还险些撞上了门后的那一盆铁掌青。

周长青看着魏豪生歪歪扭扭出门去的背影,恨得咬青了腮帮子。

这仇,便就这么结下了。

魏豪生一死,树倒猢狲散。

魏豪生陡然就这么去了,魏家的宅子就乱了阵脚,一干人等连哭都没来得及哭,径直将府上能背能抗的全拿了。一个个连拿带抢,散的散,逃的逃,嘴里还不住地念着"完了,完了,日本人打来了,天津要完了",一日之间,魏府上下,散得拦都拦不住。而最后留给燕儿母女的,就只剩下那么一幢空宅子了。

对于魏豪生的死,只有燕儿一人落了泪。

她为魏豪生哭,也为月儿哭,更是为她自己哭。

燕儿心说,魏豪生这色胚好赖也是自己男人,活要见人死要见尸。事发第三日,燕儿把心一横,典当了自己藏在闺房里的一点微薄嫁妆,然后带着这些为数不多的钱财,抱着月儿紧赶慢赶地来到魏豪生的煤厂前。厂里厂外,不见魏豪生的尸首,她就又是跪求又是塞钱地让看守的两个日本人告知魏豪生的尸体去向,好一顿艰难沟通,两个日本人最终才明白过来,给她指了条明路,放她走。

可她刚扭着她的腰身,没走多远,其中一个肥头大耳的日本人就追将上来,将燕儿扑倒在路边的草垛里,要在青天白日下强暴她。燕儿连挣扎带呼救地惊声尖叫,刚收住的眼泪,便又惊又吓地下来了。

小月儿不足两岁,不知其故,也被这阵仗吓傻了,站在一旁,哇哇张着嘴,只顾着哭。

登时,另一个看门的瘦个日本人急不愣登奔过来,连拉带拽将胖的那个踢开。指着他的鼻子,一顿叽里呱啦地痛骂。不多时,瘦个子就架着胖个子一块往煤厂走了去,那个胖日本人走时,还不忘回头看了看燕儿,舔了舔舌头,又对着燕儿用左手比出一个圈,右手食指在圈里进进出出,其后紧随着又发出一阵淫荡的笑声。

燕儿见势立马整理好衣服,抱着月儿就飞也似的离开了煤厂,直接赶往那两个日本人所指的乱葬冈,边跑还不忘一步两回头,生怕那日本人改变了主意,又掉转头来对她图谋不轨。

燕儿抱着月儿一口黑气，爬上了乱葬冈。这乱葬冈还是个新冈，没多少死人，但也足够触目惊心了。

踉踉跄跄刚爬上冈头时，已是黄昏。头顶那轮仿似放进泡菜坛子里腌过的太阳，散发着旧旧的，不成体统的光。天上空无一物，不知从哪传来了一阵苍鹰凄寒的啼声，直破天际。

爬上冈头，没多久便撞见一具面目全非已经开始臭腐的尸体，尸体肚子里的血肠拖了满地，该是豺狼侵犯咬食过的。那尸身已近半溶，尸油黏糊糊的，像羹，又像鼻涕虫的黏液，流得满地都是。而那头颅的眼球却也已被老鼠钻了个空，露出两个黢黑的豁口，像两口望不见底的深井。肥大的绿头苍蝇叮满了尸体的整张脸。那些苍蝇一听到响动便嗡嗡地飞起，在空中盘旋片刻又聚下来……

燕儿突如其来感到一阵恶心，下意识地捂住小月儿的眼睛，同时她的胃里也下意识地反酸。燕儿一个没憋住，生生地吐了出来，吐得呕心沥血，似乎要将心肝脾肺脏全都吐出来似的，吐得她脸都绿了，还是停不下来。

她一吐，手便松了，小月儿便直面了她人生中的首具尸体。她被吓得号啕起来，一面号啕，一面忍不住地干呕，该是被那恶心的气味给呛着的。

待到她们母女二人吐完，已是筋疲力尽。

燕儿直起腰身时，陡然看见一个衣衫褴褛、人不人鬼不鬼的东西从乱葬冈里爬上来，手中拽着刚从死人身上搜刮出来的几枚银钱和两粒金牙。他呵呵地傻笑着朝她们母女两人走来，燕儿下意识地将小月儿搂进怀里，抱着。小月儿张着忽闪忽闪的大眼睛要看个好奇原委，燕儿又将她的脸趴进自己怀里，自个儿也侧过脸去，不看那人，任他从她们身边走过去。

待到那男人走过身去，燕儿又小心翼翼地别过头去看了看那发死人财的鬼东西，见他走远了，这才放下心来。

回头再看西方，已是落日熔金，暮云合璧，一片惨淡淡的昏黄。她们母女俩又歇息了片刻，身后的太阳好似又掉下去了些，又掉下去了些。

燕儿整顿好了，继续拖着的身子往前走，这下看到了几个煤厂的老伙计的尸体，再往前走，便是魏豪生的尸身了。

她看着魏豪生的脸，时下连哭的力气都没了。

当燕儿费尽了力气，将魏豪生的尸体拖出乱葬冈时，天上已挂满了六月初的星辰。燕儿累极，跌坐在地上，一手抱着魏豪生的尸体，一手揽着月儿，望着天上挂着漫天的美丽星钻，她陡然觉得世上再无比这更美的时刻了。

她抱着魏豪生的尸体，狂妄地笑，笑着笑着就号啕起来。小月儿不知所以地瞪着圆溜溜的眼睛望着她的母亲，不多时又蹲下身去，把玩起魏豪生的手指，然后嘟嘟哝哝地喊着："娘，娘……"

燕儿不知道她说的是"娘"，还是"凉"，只是摸着她的小脑袋喃喃地说道："是的，月儿，凉了。这是你爹，你爹凉了。凉了，都凉了……没了，全没了……"

哭罢，哭得累了，她又休息了片刻，然后将魏豪生的尸体藏在沿路的草丛中，拉着月儿直奔城里的码头。

燕儿花重金请码头工人将魏豪生的尸体运回魏家宅子，此后两天又将魏豪生给月儿置办的几串金银镯子也给典卖了，独留了一只秀气小巧的藏银镯给月儿。她将典当来的钱花了个干净，为魏豪生办了一场半大不大的丧礼，将他安葬进了魏家的祖坟里。

隔壁的王太太劝过她，说何必浪费这个钱，以后你们孤儿寡母用钱的地方多着呢。

燕儿只说："他是我男人……"往后便再无言语。

葬礼办毕，燕儿守在这座空宅子里，六神无主地耗了几天，直到再也找不到任何果腹的一蔬半饭，她才觉到，当下真是走投无路了。

小月儿早已会走路叫娘，几日下来，直饿得孩子撕心裂肺地哭叫。小月儿吐着尚不明晰的词句喊："娘，饿……娘，饿……"喊一段哭一段，哭累了睡醒了便又开始喊，燕儿实在受不了这钻心抓耳的哭声。

最终，她抱着饿得在她怀中再次睡过去的月儿，犹犹豫豫地走到梁府，咬咬牙便敲了梁府的门。

苏凤怀有身孕已七月有余，日日不适，食不下咽，脚亦肿得厉害，行走挪步不得。

下人将燕儿引进来时，苏凤又泛起恶心。

"阿姊！"燕儿不管不顾，抱着月儿，扑倒于苏凤足底。

"你来做甚？"

"阿姊，燕儿实在走投无路了。"

"你怎会走投无路？你男人魏豪生家大业大，钱财挥霍不尽，锦衣玉食都够你吃三五辈子的。"

"前几日，我家男人被日本人打死了。"

苏凤一惊，怎至于？这么说日本军已打进天津城了？

这些时日，她深居闺中，窗外事不闻不问，自不知发生了什么。怕是秋声担心这些噩耗惊扰了肚中的孩子，也是对屋外时局不提一字半句。

"他们夺了魏家的煤厂，豪生前去商讨转圜余地，结果再也没有回来。他一走，家里便像是土匪洗劫了似的，能拿的全被拿了，一日之间，散的散，逃的逃，家里就只剩我和月儿了。"说着又看了看自己怀中的孩子，眼泪砸在月儿的额头上，月儿一动不动。

"豪生好热闹。我便散尽了所有钱财，将他从乱葬岗里拉回来，给他办了个风风火火的葬礼。只是可怜那不争气的色胚，到临死前都还没听过月儿喊他一声'爹'。办完他的后事，我抱着月儿在家熬了几日，能吃的不能吃的都已经吃完了。这几日，家中实在没了任何饱腹之物，孩子已饿晕过去几次，在这世上，我已是无亲无故，不得已才来求你。阿姊，求你看在孩子的分儿上，收下她罢！燕儿在这，给您磕头了，求求您了，求求您了！"

燕儿涕泗横流，悲不能已，一直磕头。

苏凤陡然眼眶潮润，她抹了抹泪，叫燕儿起来，又吩咐下人到厨房去赶紧捡些现成的吃的过来，又让杜鹃去唤大夫来。看小月儿在燕儿怀中一副昏昏欲睡的模样，怕是病了。

这还是小月儿出生以来，苏凤头一次见她。只见她眉目清灵，眼睫修长，一张樱桃小嘴长得也甚是小巧。只是连日来的饥饿，让她的肤色看起来颇无精神。

许是毕竟血亲姊妹一场，多少都有些于心不忍。又许是自己也即将为人母，也算是行善积德。望着燕儿怀里的小东西，苏凤怜由心生，伸手要抱月儿，燕儿忙交给她，自己一直小心翼翼守在一旁，怕阿姊大肚子行动不便，伤了她自个儿，伤了月儿都不好。

不多时，下人将一些茶点、糕饼端了上来。燕儿又将月儿从苏凤怀中接过来，将她晃醒，轻声道："月儿，月儿，来，姨娘给咱们弄了好吃的来了。"

月儿这才缓缓睁开眼来，又闭了闭，又睁开，又闭了，一副极不精神的样子。这时，苏凤将手于她额头一探，竟烫得厉害。苏凤急起来，挺着大肚子到门外复问下人大夫怎么还没来。

燕儿见此情形，不禁又湿了眼眶。

她，到底是她的阿姊。

燕儿在梁府待了数日，直到将小月儿照顾周全，见她能在地上走动，方才于深夜里留了张字条，便不知了去向。字条上书：

阿姊大恩，来日再报。往日情仇，是燕儿不懂事，不求阿姊原谅宽宥，但求阿姊将小月儿照看平安，燕儿感激不尽。望珍重，望你与腹中孩子平安喜乐！

燕儿是等月儿睡下才走的。临走前，燕儿又唤来杜鹃，交代说阿姊从前喜食葡萄和橙橘，而这二者又皆有益于孕妇产子，求她勤跑市集。又说，要注意少食多餐，多扶阿姊走动，不要终日懒于床帏，她交代此类事宜，如交代后事一般仔细认真。

杜鹃少言，此次却不忍问道，为何不留下，照顾左右，自己好歹也落个安生。

燕儿浅笑不言。一切尽在不言中。

隔日清晨，苏凤手持着燕儿的离书，看了一遍又一遍。她不禁喟叹，世易时移，没想到十多年前，自己迫不得已离家而去，飘荡流离，百般艰难，投入师门，日日夜夜唱念做打，苦练基本功，终有所成，做了红牌戏子。其后日子灯红酒绿，逢场作戏，终等来良人，得以嫁入梁府。时至今日，夫妻和睦，又正有身孕，人生也算一路安顺和平了。

没想到，行至如今，倒轮到她燕儿写这离书，沦落天涯了。只是当前，这时局动荡，她又别无他长，也没个什么一技傍身，该如何在这茫茫人世劈出一条活路？更何况，这从她肚子里掉出来的肉，心头的牵挂，她怎么狠心说舍弃就舍弃了。罢了，罢了，谁叫她心性颇高，不愿屋檐下为人。好赖她还算聪明狡黠，饿不死她一个大活人的。

燕儿走后数日，小月儿一直以泪洗面，哭着满院里四处找娘，哭声听得人心都碎了。

苏凤正值妊娠时期，情绪变幻无常。有时也骂，你娘不要你了!有时又怜她,月儿乖,月儿乖,姨娘在,姨娘在,又安慰她,你娘马上就回来了……使尽了办法,但还是稳不住她的哭声。

最后,倒是大嫂的两个孩子救了苏凤。月儿一见到这大哥哥大姐姐就追着他们跑,书静书齐二人也乐得逗弄小不点玩。登时,月儿便忘了自己已经是个没娘的孩子。

"做孩子多好!外面世界再乱,该吃吃,该喝喝,该欢乐还是欢乐。"宋福如叹。

"是啊,有吃有喝又有玩,无忧无愁,谁不想一辈子做个孩子。"苏凤应和。

"怕就怕,孩子们马上就会没吃没喝了。"宋福如又叹。

苏凤下意识摸了摸自己的肚子,心里不知为何竟忐忑起来。

女人的预感总是准的。

苏凤的肚子刚满八个月,深夜里胎动得她无法安眠,陡然却闻见踢踢踏踏的脚步声,后又是急匆匆一阵敲门声,那敲门声敲得人心慌。

苏凤挺着大肚起身,撩开床帘,从自己房内窗外就能看见梁府外一片火光冲天。苏凤不知发生了何事,急忙推醒了身旁熟睡的梁秋声。

她不知,自这晚后,她的生活便彻底改变了。

三

民国二十三年。

小暑过后的第一个夜晚，朗月当空，晓星寥落，夜色似水清明，墙角虫声唧唧，照说是一个携佳人漫步游园赏鱼观花的良夜。苏凤推醒了秋声，却无来由地紧张起来。

门外火光的出处，不是别人，正是那渡边一郎的日军武装部队。

渡边一郎携日军小分队二十余人，浩浩荡荡，点着火把，端着枪，直奔梁府而来。打头引路的便是周长青。

大门被伙计打开后，渡边一郎一行人径直冲向梁府正厅，伙计被这阵仗吓都吓傻了，也就更不用提拦不拦得住了。

梁友道听闻响动，一壁穿着衣服一壁由里屋赶将过来，进得大堂便看见两列日军纵队由正厅内排到了正厅外的院子里，他不疾不徐走将进去。一进屋便见着了腰板挺得老直的周长青，站在渡边一郎的身边，嘴角上还挂着深不可测的笑。

这是夜猫子进屋，准没好事了。友道心里并非毫无惊讶周长青会活着回来，只是他更明白，此番他回来就不是从前的周长青了。

好在梁友道毕竟是见过世面的，遇此情形，无惊也无惧，亦不理会周长青。一壁径直走向渡边一郎，不卑不亢地一点头："太君，不知您这深夜造访鄙舍，有何贵干？"

渡边一郎侧首瞧了眼梁友道，见这非凡气魄，便知这家该是由此人当着的了。闻言渡边也不响，只侧头看了看周长青，意思大抵是全权交由他打理了。

周长青会意地走上前来，勾着嘴角笑道："梁大少爷，好久不见啊。"

"畜生！"梁友道背过身去，语气轻蔑极了。

闻言，周长青嘴角的笑僵了片刻，咬了咬腮帮，忍住了，挺直了胸膛直言道："梁大少爷，这位是日本天皇第二联队的渡边一郎少佐，听说您这家里藏有反日的学生组织代表，特此来清查，还望贵府配合。"说着声气也跟着硬气起来。

"汉奸！"梁友道压抑着心中怒火，恨自己那日怎么就没打死这畜生。

登时，梁秋声和宋福如也穿好衣服赶将过来。刚冲到连接正厅的回廊，宋福如便被眼前的阵仗吓得一怔，她深吸一口气，努力镇定脚步站至梁友道身旁，不说话。

梁秋声倒好，不管不顾火急火燎直接冲进了正厅中，一看到眼前这许久未谋面的周长青，先是一惊，问道："周管家？你没死？"

"贱命，通常都比常人的要硬实些的。"

秋声再一细看这场景，方才明白他的身分来。

"你怎么还有脸回来？！这算怎么个回事？"

"三少爷，近来可好？"

"你这是什么意思？"秋声指着满屋的日本兵。

"没什么意思，只不过是讨条生路混口饭吃罢了。"

这时，梁老爷亦颤巍巍地拄着拐杖进来，梁老夫人紧随其后。

"哟,梁老爷,没想到您还依然健在呢。"

梁老爷闻言不响,竟自举起拐杖要打将过去,周长青举起了左手欲要抵挡的模样,没想到倒是梁友道快他一步,拦在了前头。在荷枪实弹前头动拳头,到底是不明智的。

"爹,您怎么出来了!这有我呢,您赶紧和娘回房好生歇着。"

"日本人都进了屋了,还歇什么?怎么歇!"

人老气不老,威严还是在的。他一手扒开梁友道,径直走到渡边一郎身边,问道:"太君,我梁府向来安分守己,不知什么地方开罪了贵军,要劳烦您这大晚上兴师动众移驾至此?"

渡边一郎又看了看周长青,周长青这才一瘸一拐地回身过去,凑到渡边身边一五一十地翻译,然后顺带介绍了一下面前的这老人,以及对这一屋子人的关系进行了一番简单介绍。

听罢,渡边一郎笑了,甚是礼貌地脱掉了手套伸出手来,用蹩脚的中文问候了一声"梁老爷好",梁老爷没搭理他。渡边早已预料到似的,也不尴尬,竟自缩回了手,又将手套整整齐齐地戴上,挑了挑眉,望着梁老爷说完一连串的日文,便背过身去了。

"渡边少佐说,根据可靠线报,贵府有反日学生组织代表。奉日本天皇之命,要捉拿贵府反日学生组织代表回去拷问,还望梁老先生配合。"

"如若不配合呢?"

"如若不配合啊,那就烦请在场的几位,先准备一些后事所需要的摆设了。至于是谁的后事，是一个人还是几个人的，就全看渡边少佐的心情和各位的表现了。"

梁老爷气得说不出话来，老太太在一旁念着佛珠，细细碎碎地念道："罪孽，罪孽……"

梁友道见势将梁老爷扶至一旁，由宋福如搀着。他强压着心中不快，向周长青道："还请周翻译您转告一下这位渡边少佐，我们梁府并没有你们要查的什么反日组织代表。"

其实，这话一脱口，友道心中便是没底气的。时下，他只希望如美别出门来，她拉的那些抗日的横幅旗帜之类的破烂玩意儿，最好也都藏在严实私密的地方。梁友道简直伤透了脑筋，却还要佯装一副正大光明的模样。

这时，杜鹃扶着苏凤挺着大肚子，由东边厢房摇身过来。苏凤方进屋，梁秋声就迎上来扶她，低声责她："你出来干什么？"

苏凤尚未开声答他，周长青就抢白道："呵，三少奶奶都有身孕了啊，恭喜三少爷了！"

周长青的声音尚未落地，梁如美和周媚景便由西边厢房里连跑带走赶将过来，如美尚未进屋，就听见她急切地问道："到底发生什么事了？"

一进屋，她便傻了眼。

"哟，这四小姐也回来啦？看来这上上下下差不多都到齐了呢。"说着就走到如美身边，回身奸笑地看着梁有道："梁大少爷，您方才说什么？梁家没有抗日学生代表是吗？这不说曹操曹操就到了吗？"

"堂哥？"周媚景瞪直了眼睛，试探性地看着周长青。

这回，轮到周长青傻眼了："媚景？你不是在英国念书么？你怎么会在这？"

"我和如美是同学，一年多以前就和她一起回国了啊。"她复又将这句话原封不动地抛了回去，"你怎么会在这？"

周长青不答她，只恼怒道："这里没你什么事，站到一旁去，别瞎掺和。"

这周长青有些恼了，原本运筹帷幄的局势，却偏偏生出这样的枝节，他断然是没有想到了。

——无巧不成书。活生生的，又一出戏。

梁如美将媚景拉过来，不解地看着她，媚景同样露出苦恼的神情，看着如美。自打周长青离家之后，她已是有好些年没见到这堂哥了。

而见堂下现状，梁秋声、梁友道皆佯装镇定自若。梁老爷、梁老太太、苏凤皆吃了一惊。谁都没想到这周媚景竟会是周长青的堂妹。

渡边一郎见场上情形，亦有些搞不懂这会子发生了什么事情，便问了周长青到底怎么回事。

周长青又点头哈腰地回过身去给他解释，至于他解释的什么，除了日本人，以及周媚景之外，其他的就没人听得懂了。

周媚景也是懂些日文的。周长青的日文便是在他寄居于媚景家时，与媚景和媚景她哥一道学下来的。只不过只有周长青天分高，上手快，日本话说得也顺溜。媚景的日文没他好，且好些年不用，生疏了好些，所以这周长青和日本人的对话，她听得也是相当吃力的。

只是让周媚景没有想到的是，堂哥的日文天赋竟是用来帮日本人对付中国人的，她不禁觉得戏谑与羞愤，而她心中的羞愤远远大于戏谑。

媚景冲到周长青跟前，拉着他的臂弯，又哀又怒地喝道："堂哥，你做什么不好，要做汉奸！"

只见周长青一甩手，甩掉周媚景，暴怒："说了，叫你滚一边去，别掺和！"他又转脸对着梁家上下叫嚣道："今天，你们这梁家，算是交代了！"又转头对屋内的两个日本兵说了两句日文。

日本兵轰轰然向梁如美冲去。一见日本人向如美逼将过来，媚景就急起来，她好似护雏的母鸡，趋身挡在两个日本兵面前，眼泪见着就下来，朝着周长青叫道："哥，我求求你了，别带走如美，放过她！"

梁秋声也急了，离开苏凤身边，挡在她们两个身前，强忍着不痛快，向着周长青愠怒道："周翻译，凡事都讲究个出处缘由，你凭什么就说我们家如美是反日代表？"

"好，我就让你们死个明白！"说着就又是挥手一指，派两名日本兵向西边的厢房搜去。

闻言，如美和媚景就慌了张，但也只能由着日本兵去。

不多时，两个日本兵便带着一堆的横幅白条过来，扔在地上。

"三少爷，你们还有什么话要说？"

一众无语。

梁老爷望着如美愤恨地朝着地上杵了杵拐杖,一副急火攻心不知从何说起的模样。

"那是我的东西,跟如美无关。要抓抓我去便是了!"周媚景心下一横,愤恨地哭喊道,眼睛里似要剜出毒液来,朝周长青射过去。

"你闭嘴!"周长青暴喝。

"媚景!"如美低喝一声,又恨恨地望着周长青,"一人做事一人当。你别胡乱掺和!"

周媚景又要开声抵罪,被周长青一句:"带走!"硬是给卡在喉咙里。

她们在互救。苏凤此时又有胎动,肚子疼得厉害,她缓缓屈身蹲下时,看见如美和媚景两人的手紧紧握在一块,她们的手握得用力至极,握得手背一片雪白。

两个日本兵已将梁秋声推开,又拨开了周媚景。秋声和友道要再上前阻拦,却被另外两个日本兵拿枪止住。

如美已被日本兵架起,一行人开始动身回行。

"且慢!"

登时,梁老爷颤颤巍巍走到渡边一郎对面,眯着眼睛道:"渡边先生,想必您此行兴师动众地过来,不单单想抓小女回去问罪的罢?"

这醉翁之意不在酒的把戏,怕是只有这蹚过大江大河,见过牛鬼蛇神的梁老爷才看得明白的。

梁老爷讲罢,也不看周长青。他是断不想与周长青说半句话,看他半眼的。

渡边又看向周长青，等着他来翻译。待他翻译完，渡边异常豪放地一壁笑，一壁拍手称快："梁老爷，老江湖不愧是老江湖。您这看上去已近古稀，可心里真就跟明镜似的啊。在下着实佩服！其实不带走令媛也很简单，只要您肯割爱您这座梁府，给我日军暂用三个月便可。不知梁老爷意下如何？"

哼，三个月？怎会只是三个月？这话里话外，梁老爷心里再明白不过。

倒是家里人，闻言上下一片惶恐，你望着我，我望着你，面面相觑。

"爹，千万别答应，咱们誓死不做卖国贼！"如美喊道。

周长青上前，一巴掌扇在如美脸上。真解恨！这打的虽是梁如美的脸，伤的却是整个梁家的颜面。

梁家上下一行人见状又都躁动起来，却又都被日本人的刀枪给控制住，不敢有丝毫声张。

如美一口唾沫，吐在周长青的衣衫上："走狗！畜生！"

周长青便又是来回两巴掌扇上去。

梁秋声是见不得如美受委屈的。见周长青几个嘴巴扇得如美披头散发，气得他青筋直冒，终究没忍住，挣开日本兵的枪架，大喝一声："住手！"虎头虎脑便朝周长青奔过去。

还未奔直周长青身前，一只白晃晃的刺刀便直插进了梁秋声的后腰。一刀还不够，又一刀准备下去，登时，梁老爷就拼尽了力气大叫一声："好，我答应你！"

渡边一抬手，止住了卫兵。

梁秋声躺在地上前滚后翻，捂着后腰哇哇叫，苏凤吓得哆嗦，陡然她的肚子更加地疼起来，不多时，血便从她的腿间流了下来。

渡边提着嘴角笑道："我们也知道您这家大业大的，整理起来也不容易。我大日本天皇也是宅心仁厚的，请梁老先生您在三日之内，先将西边的厢房给我们空出来，后面的您慢慢搬也不迟，那么我们三日之后再来拜会您！"

言罢，一干人等浩浩荡荡离去。

日本兵方走，梁老爷就跌坐在椅子上，满眼的空洞。梁友道连忙赶到父亲身旁，照看他。

梁如美则立马奔到秋声身旁，蹲下来，抚他的伤口，泣声摇晃他，嘴里还不住地问着："三哥，三哥，你怎么样？"

同时，大嫂看见苏凤腿间的血，知道苏凤怕是要小产了，慌里慌张唤躲在暗处的丫头伙计们过来帮忙，又是抬苏凤进房，又是叫接生婆的。杜鹃一壁跟着抬苏凤，一壁哭……梁老太太也踉踉跄跄跟着苏凤去了。

这边，几个伙计七手八脚忙着抬梁秋声到如美房间，如美亦是一面哭叫着让下人去寻大夫来，又一面对着梁秋声连声道对不起……

登时，原本满坑满谷的正厅里，就只剩下这梁家老父和他的长子了，二人皆是一副无言模样，似乎还觉得方才发生的事情并不确切似的，两人眼神都是空的，空得像几口深不见底的井，往外冒着丝丝寒意。

"完了，全完了……"

"什么完了？没完！这事没完！"

老爷子的拐棍在地上杵了又杵,他脖子上的青筋像是暴雨夜的闪电,突突地直闪。

而此事发生不多时,在梁府的另一间屋子里,一场谋杀正发生着。

四

是夜,苏凤早产。婴儿不足月,诞下时不足五斤,哭声也不甚清亮——是个男儿。

"有惊无险,有惊无险。"宋福如抱着血淋淋皱巴巴的孩子,叹道。大夫过来瞧了一瞧,见孩子呼吸快浅,皮肤薄嫩,耳廓平软,头颅上的胎发亦是少得可怜,他暗自摇头,不知这孩子能活多久,但言语上还是道了恭喜贺喜。

苏凤产下男婴后,便晕厥过去。醒转过来后,苏凤先问的不是孩子是否健全平安,而是梁秋声是否安康,有无性命之虞。

杜鹃答她,大夫说伤了肾脏些微,好好调养数月便无大碍。她这才放下心来,躺将回去,一望自己隆起的腹部已经平息,这才想起自己昨夜已产子,又忙问孩子在何处,是男是女,有无生命之忧,是否康健……

杜鹃逐一答她,她这才安安分分躺下,昏睡过去。

她是太累了……

待晚间,与秋声碰了头,苏凤便请秋声给孩子取名。梁秋声窝在床上忖度了片刻,虚无地道:"就叫他安生吧……"

"安生，安生……"苏凤嘴里念了一遍又一遍，心里说不清是个什么滋味。

——梁府添丁，但没有一个人高兴得起来。

这一年多以来，白青莲倒是安静了不少，许是叫累了，喊疲了。但逢上初一新月之时，她便又会像发疯似的鬼哭狼嚎，叫唤道，云萍回来了，云萍回来了。

二哥梁友信自从白青莲通奸事发之后，就三不五时地将自己锁在小木屋里，捣鼓着他的那些木头玩意儿。一年下来，亦是一副邋里邋遢、人不人鬼不鬼的模样。

日军来梁府进犯的当晚，梁友信亦被惊醒，他站在侧厅目睹了一切的发生，看到周长青的身影，他就恨得牙痒痒，但他又不敢贸贸然出去，和他拼个你死我活。待到日军浩浩荡荡去了后，他回了自己的小木屋，提着他削木头用的工具刀，一瘸一拐地便向白青莲的房子里去了。他锤开了门锁，一步步逼向白青莲的床。

白青莲闻见砸门声，顿时从床上坐立起来，拉着被子，靠着墙，瑟瑟发起抖来，神经质地说："云萍回来了，云萍回来了……不是我的错，不是我的错……"梁友信充耳不闻，进门后，只安静地、扎实地一步步向她逼近过去。

屋内没点灯，只有些微朦胧的月光从窗子里透进来，洒了一地的惨白，那白倒映在梁友信手中的刀刃上，发出更加惨白的寒光。屋内仍旧很黑，看不清梁友信脸上的神情，亦看不清白青莲脸上的神情。待到梁友信逼近白青莲床前，他毫不犹豫地就是一刀扎下去。白青莲呼哧一个翻身,将被子一把掀到梁友信头上,跳下床来,嘴里不住地念念叨叨:"别杀我,别杀我,云萍不是我害死的,云萍不是我害死的,别找我,别找我。"然后紧接着就又是一声刺破黑夜的鬼叫。

一年多以来,她的声音还是这么嘹亮,刺破了黑夜。

这一阵慑人的尖叫,又引来了梁友道和一众下人们。

只见白青莲在屋子里一阵上蹿下跳,梁友信提着刀一瘸一拐地追。梁友道喝退了下人:"今天发生的事还不够热闹是吧?还没看够?还不快滚回去睡觉!"

婆子伙计们满心的不悦,但也只得悻悻然离开这"戏台子",边走还边说:"这梁家宅子,怕是要完了。咱们赶紧逃命去吧。"

李妈闻言,骂道:"烂嘴的猴子,什么事由得你们说!"底下的伙计丫鬟也就不再吭声,各自心怀鬼胎地回房去了。

梁友道喝退了妈子伙计,兀自将白青莲的门给重新上了锁,便去睡觉去了。

这世上,有因必有果。是该有个了断了,梁友道也是恨白青莲不过的,若不是她,也不至于招惹上周长青引来日本兵,借机报复。

翌日清晨,天尚还蒙蒙亮。梁友道便起了身,径直向白青莲那屋走去。

清晨有鸟叫,叫得异常清脆欢脱。梁友道望着那树上的画眉鸟看了片刻,想着来生的事情,他想来生做只鸟也好,有吃有喝还有翅膀,想去哪忽扇忽扇就去了,高兴了就唱唱歌,不高兴了就挑个人头顶上拉泡屎,泄泄愤。冬天冷了就去南方避寒,夏天热了就去北方避暑,活得多自在。要是运气不好,尽管给人抓了去,做了笼中鸟,起码也是二姨太的生活,吃穿住行有人包了。再不济,也不过是拔了毛掏了肺腑上了餐桌,那也好歹是一道美味,成全了别人。哪像人,这整日活在瞎忙活的担惊受怕里,穷时怕吃不饱穿不暖,富时怕穷人太吃不饱穿不暖要来害你。你争我夺尔虞我诈的,消停不得。

如此想来,人确实是不如鸟的。梁友道就这么胡想了一阵儿,又揉了揉眼睛,这一夜他几乎是没睡的,眼睛都肿得跟灌了脓似的。这一夜发生的事情实在太多,他怎睡得着?一夜的辗转反侧,令他走路的脚都是重的,套了铁栓似的抬不起来。

待他打开白青莲的房门时,只见屋内只剩了二弟梁友信一人,颓然地坐在墙根处,像只僵死的瘦蛤蟆,摊着两条残腿,他的裤腿上、腿脚旁,满地的血。只见梁友信蓬头垢面,胡子拉碴的,眼睛周围的黑眼圈重如老鬼,清晨的朝阳打到他脸上,惨白惨白。眼神空无一物,直勾勾地望着梁友道。

梁友道被他这眼神一惊,竟分不清这是活人的眼神,还是死人的眼神。他不由得,怯生生走上前去,将手凑到他的鼻翼前,试探气息。

还有气。

"人呢?"梁友道踹了友信一脚。

"跑了。"那语气简直是被小鬼勾走了魂,毫无生气。

梁友道将他扶起来,哪知他的身子像尸身一般沉,完全搬不动。

他不知，人在失去了活着的意志后，跟尸体其实没有多大区别的，除了一口气。

梁友道看见二弟腿上结满了血痂，以为是白青莲所为，于是在心里愤恨地骂自己也骂友信，怎么这样没出息，连个女人都制不住。

但友信腿上的伤，实则并非白青莲所为。这伤是白青莲自窗户口逃走后，他恨自己不过，拿刀在自己残掉的那条腿上捅的。他原是打算用刀抹脖子的，但想了几次，他对自己终究下不了这狠手。因而，他越发觉得自己窝囊，不像个男人。

梁友道见友信这般颓丧，哀其不幸，也怒其不争，无言地将他扶至他的小木屋内，甩下几句不咸不淡的关怀话，便竟自走了去。

还有好些事得他处理。

梁友道自友信那边出来后，便招呼集合了所有佣人伙计，这一清点便发现少了几个婆子和伙计，说是昨晚日军来时被吓跑的。

梁友道暗自叹气，又努力强打起精神，道："各位，听好了！现在正是我梁家宅子遇难的时刻，有愿意留下来，与我们共渡难关的，梁友道我感激不尽。如若有想要自行离去的，现在请提出来，我梁某人断不会强留。"

此言一出，便有两个灶房打杂的伙计畏畏缩缩站了出来，埋着头，看都不敢看友道，连身边的丫鬟婆子也不敢看，自顾自低着头,像犯了什么错似的。其实这又有什么错呢?大路朝天各走半边,各人有各人的活法,友道明白的。所以他什么都没说,只叫夫人宋福如打发了些钱财遣他们散去。而其他留下的伙计婆娘们,皆是一副木讷神情,不知何去何从,也就只得这么痴痴地定在院子里了。

梁友道对留下的下人们道了谢,其后又强撑着一股袭来的倦意继续布置下人们的工作,让他们将西边厢房的零碎物件,腾挪至东边的另外两间侧间来,一间是用来给如美和媚景住,一间是给自己和夫人住。

下人们也都是住在西边后院的房子里,这一遭也没得住了。梁友道又让他们将东边的柴房和仓房收拾一空,让剩下的伙计们都住进柴房里,丫鬟妈子们都住进仓房里。

至于后院花园旁二嫂白青莲住的那间原是云萍姨太住的房子,也就任由它空着了。下人们总说那屋子不吉利,友道也信鬼神,便由着它空着罢。更何况,昨日在那屋里,众人也都看见了友信提刀杀白青莲的事,也不知办成没办成。若是办成了,这屋里又多了条新鬼,头七都没过,谁敢住进去;若是没办成,不也有云萍姨太的冤魂驻扎在那儿么,这一年多以来,隔三岔五就听那白青莲在里头鬼哭狼嚎地叫唤,云萍姨太回来了,云萍姨太回来了……所以,此时此刻,恁是叫谁去住那屋子,怕是都没有胆儿去住的。

一切布置妥当,梁友道站定在屋前,又思忖了片刻,便出了门去。

——这些转东挪西的,也不过是权宜之计。

这两日，除了安排家里的暂住之地以外，梁友道又亲自跑了一趟国民政府的办事处，向私下里熟识的国民政府小军官询问打听日本人进城的出处，问为何他们敢如此胆大行径，又问能否派兵打压，却毫无疑问地碰了一鼻子灰。

好事不出门，坏事传千里。这才一两日光景，街头巷尾就传遍了日本人霸占梁府的消息。消息一出，人心更慌了。一些胆小的，逃的逃，跑的跑；见惯了大场面的，仍旧相安无事地该吃吃，该喝喝，该去舞厅跳舞的还去舞厅跳舞。

友道一圈跑下来，没要到任何称心结果。

梁友道见无计可施，看来是守不住梁府的宅子了，便只能退而求其次，守不住宅子，总要守住一家老小的安生才行。于是他又跑了好些商贾友人、外埠租界，商量着能否借住几日，救救急。结果无一例外地推三阻四，不是说腾不出那么大地给上上下下十几二十几口人，就是说自己也正为难着……

起先，友道还跟他们晓之以情动之以理，想从前如何如何……那些人也是吃了秤砣铁了心的不愿意伸出一只手来，一句话翻来倒去地说，说自己上有老、下有小，世道不太平，生意也不景气，同样为难得很。

到后来，梁友道自个儿都觉着没什么意思了，去到人屋里，直言不讳问愿不愿出手相助，又是一个个的阻塞，他也不再与他们多费口舌提从前道过往，明面上带着笑望着他们道谢告辞，转身背地里不知骂了他们多少祖宗。

其实他也不是不知道，他们不过是不敢开罪了日本人。但他没想到，这些平日里低三下四的狗腿子们，果真连从前过去的一点情面都不讲。

登时,他才体会到什么叫"四面楚歌",什么叫"人情如纸张张薄",什么又叫"树倒猢狲散,墙倒众人推"。

在这梁府里,二哥梁友信觉得自己不像个男人,但四妹梁如美却恨自己不是个男人。

三日之期即将来到,来日,日军就要进驻梁府。

梁如美已是第三次要将周媚景扫地出门,这次周媚景仍是不肯,抱着她泪流不止。如美亦落泪,恳声求她:"媚景,你去吧,回家去,这次回去,就别再回来了。"

这一年有余,周媚景从家里来来回回梁家不知多少次,没有一次离别是舍得的。

这次更是不舍。她不知此次一去,还会不会有下次。

"如美,要不你跟我一块走吧,到我家去,或是回英国也行。"

"别傻了。梁家的这次灾祸,都是由我而起,我怎可能说走就走。我这一家子的老弱病残,不能全丢给我大哥一人的。"

"不,那我留下来。周长青好歹是我堂哥,他在我家时,我阿母阿父待他不薄,他不能将我怎样不是?我在,好歹也有个说话的转圜余地啊。"媚景将如美推开,望着她。

"你怎么还在说这样的傻话!且不论你堂哥叛国做了走狗,就说他在日本人那边有什么实权?没有的!他只不过是个翻译,日本人向来狡诈奸邪,开心了就把他留着,要是哪天不开心拿他开刀也说不定。再说了，你长得这么白净可人，那些日本人残暴好色，难免不会对你动歪心邪念。我不要你受这样的侮辱，我不忍看你受侮辱而我却无能为力，我也不要活在顾虑你的担惊受怕中。为了我，你赶紧走吧……"如美越说越激动，越说眼泪淌得越厉害，只是这说话的声气是不敢声张的。

媚景再不多言，她从来都说不过如美的，竟只能再又抱着她，将她抱得死死的。

如美亦将她抱得紧紧的，好似要将她勒进自己的骨血里一般。

她们内心有多煎熬，并不比寻常情人的生离死别差多少的。

二人又相拥良久——心中愁，剪不得；肠中结，解不得。

是千般的不舍，万般的无奈。心如火烧，五内翻腾，相顾却又是无言。

天擦黑时，如美好不容易才劝动了媚景，将她从东方的侧门送走。临别前，如美又张望着四处有无人迹，见没有耳目，便又含泪怯生生地吻了媚景的唇。

这便是吻别了。

这一吻，吻得深情又忘我。泪自二人脸上淌下，混到彼此唇上，又湿又咸。

这一幕，却好死不死被去厨房端晚饭给苏凤的杜鹃撞见了。

杜鹃不理解这是一种怎样的行为，只觉得这种行为是极不对，极不对的。她仿若受到了极大的惊吓似的怔在屋门口，脚挪动不得,手竟不自觉地抖起来,这托盘中的热汤便摇摇晃晃洒了出来,溅到她手上。

这一烫,她便醒了,慌不择路地往屋里冲,跌跌撞撞地摔碎了一只汤碗。

瓷器落地的声音,惊扰了这对离人。如美立即离了媚景的唇,回过头来便撞见了一道人影,往三嫂的房子里闪进去。她二话不说,忙将媚景往外推,关了门。

将媚景推出门外,又想到自此一别,从此各安天涯,也不知来日再见会是何时,又会不会有来日。

浮生无可说,动如参与商。

她不禁甚感疲累,靠着门楣滑落下去,跌坐在门后。外面又似乎不自觉起了阵刺骨阴风,风那么长,吹散离人心。

她们在伦敦的好日子啊,回国后的这一年间桃红柳绿的俏皮光阴啊,就像清风翻书一般,一页页浏览过去,尽是好时光。这好时光,与今时今日之境,一作对比,她就极伤心。她伤心得好似此生太阳再不会升起。

——但太阳,终归还是要照常升起。

太阳再度升起之日,便是日本人进驻梁府之时。

谁都知道,这暗无天日的日子,俨然已经降临。而让谁都没有想到的是,在这暗无天日的日子里,第一个死去的,竟会是杜鹃。

五

六月的第一个礼拜天,是极好的天。芳草萋萋,斜阳草树。天上的日头尚算不上毒辣,亦有斜风吹柳,微风拂面,吹得人是一阵初夏的惬意。

天津城内大塘子里的接天莲叶,映日荷花,哪管人间正道沧桑不沧桑,它到了好时节便开花,过了时令便凋谢。这世上的扰攘纷争,跟山河水草、桃柳梨杏,是没有半点关系的。它们该粉红的粉红、该白嫩的白嫩,开得不知道有多紧俏。

这荷花下方是高低起伏的绿,这满池子的绿,绿成一片江原,绿的江原上的那几抹清秀的红白,招来了蝴蝶,惹来了蜜蜂。高高低低的荷叶下,时不时还能撞见几只花纹青蛙,几条细小游鱼——这天津城里,有这样的田园风光,在这池子近旁走一走,总会叫人不禁生出喜悦的心情来。

而此时,这梁府上下,是无论如何也喜悦不起来的。

这几日之间,又有两个怕死的妈子伙计来向梁友道请了辞。梁友道也不拒,他理解他们的难,便放了他们去,还每人多打发了十元银钱,算是给他们这么些年在梁府的劳苦费。

这边厢,渡边一郎带着二十几个日本兵,整齐划一地经过天津城时,引来一阵骚动。他们不烧不抢,直逼梁府大门。

辰时方过,渡边一行就来到了梁府,这前前后后已围满了看热闹的群众,其中也不乏一些从前没从梁府捞到好处的生意人,特意前来看好戏。

梁府上下为免遭人唾骂,遂无一人出门相迎。待到渡边进入梁府正厅后,梁友道方才扶着梁老爷拄着拐棍出来。

"不知梁老爷为日本皇军准备的房间准备得怎么样了啊?"周长青径直问。

"渡边少佐,我已照您的意思,将西边的厢房收拾妥当。今日出来,我只想与您说清道明,我们自此井水不犯河水。西厢房后院的厨房您尽管用便是了,我东厢房这边,这几日就会另起炉灶,不出十日,我们便全都搬离出去。望这段日子,我们能彼此互不干扰,彼此尊重,信守承诺。"梁友道仍旧越过周长青,只看着渡边言说。

周长青嘴角一挑,对他们对自己的轻视,不以为意,只管着翻译过去,又翻译回来。

"梁大少爷,您这说的什么话。方才渡边少佐的意思是,既然咱们已经同住一个屋檐下,自然就是一家人了。这里里外外理所应当互相帮衬照应着些才对。如果您这边有什么粗活儿重活,也是可以叫我们日本天朝的士兵们帮帮忙的。自然,您也看到了,我们这些卫兵都是些五大三粗的大老爷们,洗衣做饭这些的,自然也还是得麻烦您府上的佣人妈子们帮衬着的。我们互帮互助,团结友爱,您看意下如何啊?至于搬家这事啊,也不急于一时的。"

梁老爷听到周长青这般恶心言语,终究没忍住,狠狠地"啐"了他一脸:"什么一家人!老子宁愿煮饭喂狗,都不会给你们这些鬼子汉奸半粒米!"

周长青抹了抹脸,跛着脚,近身过来,拎着梁老爷的衣领子,瞪着眼睛笑道:"老东西,你别敬酒不吃吃罚酒!"

见状,梁友道正要发难,却登时又被日本兵擒住了双手,钳至背后,拿枪抵住他的脑袋。

"我警告你,我说的这些,你从也得从,不从也得从!我还告诉你,渡边少佐不仅要用你的佣人妈子,还要将你们梁家的产业一点一点地从你手中掏出来,吞个干干净净。老东西,你听清楚了,老子这次回来,就是要将你们老梁家,一个个全都逼得生不如死。"周长青放下了梁老爷,拐到梁友道跟前,抬起他的下巴,拍拍他的脸,"还有你,小杂种!我要让你眼睁睁地看着你的爹娘、妻儿、兄弟、妹妹一个接着一个地在你面前倒下,在此之前,请你拿出那日欺辱老子时的气魄,好好活着!"

梁友道额头的青筋暴起,狠狠地吐一口痰,愤恨地骂道:"我他妈那天怎么就没把你这狗日的弄死!"

周长青闻言冷笑。他终于激怒了他们,被激怒了便是他们承认失败的象征。他像是打了一场无比完美胜仗的将士似的,忍不住狂狼地笑出声来。然后招一招手,士兵们便架着他们父子二人扔到了正厅前的院落里。

梁老爷急火攻心,倒在地上,喘不上气来。梁友道将梁老爷揽进怀里,手不停地上下抚他的后背,给他顺气。

周长青又拿着一把自动式手枪,一瘸一拐地走出正厅来,站在台阶上,冷不丁朝天放了一枪,然后对着躲在走廊里、屋子后畏畏缩缩看戏的丫鬟妈子们大声喊道:"各位梁府上下的婆娘妈子们,你们给我听好了!从今日起,渡边少佐和梁府的日本卫兵的衣食起居就由你们负责了,如有违令者,杀无赦!另外,从今天起,如若没有正当理由,擅自出入梁府者,格杀勿论!"

听闻枪声,躲在墙角的佣人们就都捂着耳朵蹲下身来,有一个年纪小的丫鬟甚至还吓尿了裤子。这一声令下,好些下人们,都在暗自后悔,为什么当初就没有逃!只有李妈一个人,暗自嘀咕了声:"说话阴阳怪气的,跟个公公似的。"

也正是这一声枪响,谁都知道,这暗无天日的日子,俨然已经到来了。

而让谁都没有想到的是,在这暗无天日的日子里,第一个死去的,竟会是杜鹃。

日本人手上有刀有枪的,他们的命令,下人们哪敢违抗。他们只得战战兢兢地照料那群鬼子的衣食,不敢有过分想法。这些日本人向来谨慎,每一餐饭食,每一道菜肴,都命令下人们先食,待到下人们食毕下咽他们方才动筷。

几日的衣食照料下来,日本人也没有刻意为难他们。

这一日,是杜鹃给日本兵们送食过去的。这是杜鹃第一次给日本人送饭,起先她也怕,婆子们告诉她别怕,说只管埋头送进去,然后试吃两筷子,完了退出来就行,他们不会如何为难人的。

杜鹃黑着胆推门进去,按照婆子们说的,埋头将食物放下后,照例开始试吃。但不多时,她就感觉自己身后有一道道赤辣辣的目光,仿佛要凌迟自己似的。她低头斜觑,只见一屋子的日本男人正盯着自己吃饭，心里不禁慌张起来。她一个黄毛丫头，哪曾遇过这样的场景，其情其景就仿似在一群饿狼眼底，独自饕餮大餐。这饭吃得她难以下咽毛骨悚然，她吃得慢极了，拿着筷子的手都禁不住在颤抖。

这一群日本兵，见杜鹃年纪尚小，姿容亦称得上清丽，平日里尽是年老色衰残花败柳的老婆子送饭来，今日却换了个水灵妹妹，一众日本兵哪还有吃饭的心思？

是一个年近三十的老兵先近了身，朝杜鹃的屁股拍了一拍。这一拍，杜鹃便慌了神，登时惊声尖叫了起来，夺了步子就要往外跑。可去路已断，大门在她进门不久就早已被日本兵合上了。

见势不对，杜鹃立即又跪下来——其实是吓的。只见她那粉扑扑的脸蛋上豆大的眼泪说掉就掉下来，声音不自觉也跟着颤抖起来："求求各位，求求各位太君放我出去！"

这梨花带雨可还好？本已是一对灵目，时下一哭，像是被雨水润过了，更是惹人怜。色欲攻心的日本兵哪里会听进她的一言半语，听不进也听不懂，更何谈放？只见他们上十人如狼似虎围将上来，杜鹃时下是插翅也难飞了。他们你一手，我一手，瞬间就将杜鹃剥了个精光。杜鹃是哭天天不应，喊地地不灵……

杜鹃的死相是极其残忍的。她被这一群日本兵上十人绑在椅子上轮奸至死。

当晚杜鹃的尸体便被抛进了后院的深井里。

翌日，李妈打水时，撞见了杜鹃的尸体，吓得七魂六魄都散了。如美一大早,正去厨房端吃食给三哥三嫂送去,听闻这个消息,与李妈对视一眼,二人的眼神不禁都有些怯怯的,像是怕彼此望穿了彼此的心事似的。

如美手忙脚乱地备好了吃食,端着就慌慌张张地向三哥的房间走,一壁向三哥的房间走,心里一壁发憷,她越往前走,就越发觉得杜鹃的眼神一直盯着自己的后背似的,盯得她一阵脊背发凉头皮发麻。如是,一个冷不丁,她不禁失神打翻了给哥嫂送去的吃食餐点,心里七上八下地回了自己的房。她窝在自己房子,踱来踱去,惶惶然丢了魂似的,心中没个安定。

杜鹃的死讯一传开,一时,家中就乱了方寸。两个婆子伙计要逃,结果被守门的士兵打死一个,打残一个。其后,就再也没有人敢逃了。

梁老爷闻讯,气得愈发卧床不起。

梁友道前去找渡边理论,被几杆子枪抵在脑门上,气得青筋直冒,硬是不敢再出声。

待到杜鹃被奸污至死的消息传进苏凤的耳朵里,已是翌日黄昏时候,苏凤方产子,身子是极虚弱的,肚饿之感常常是说来就来,没有半分理由讲究。尚未到晚饭点,苏凤又饿了,躺在床上虚弱地唤了好些声杜鹃,却不见杜鹃前来应声,从前她可断不会如此的。苏凤又唤了几声,仍不见杜鹃进门。

登时,睡在房内另一侧的秋声却醒了,秋声醒了,见苏凤唤杜鹃不得,一时不知如何向她开口。中午时分,苏凤酣睡之时,下面的婆子送饭进来,秋声问怎么不是杜鹃招呼,下面的婆子道明了原委，秋声一阵凄哀，饭就再也吃不下了，便命婆子端了下去。他知道，打进梁府，苏凤便和这丫鬟最亲，其实说杜鹃是丫鬟，着实有些折煞她与凤儿之间的情分了，秋声知道她俩明面上是主仆关系，可是私下里却是姊妹相称的。秋声不由得担心起凤儿得知这消息的反应来，想着想着，身上的伤又疼起来，疼着疼着，其后不疼了也便睡了过去。

时下，他是真的不知如何向苏凤开口交代此事。

苏凤又喊，屋里屋外还是没应。

苏凤正欲起身。

"别喊了，也别去找了。杜鹃去了。"

"什么？什么去了？去了哪？"苏凤不明白。

秋声不再说话，只心疼地望着苏凤。

苏凤这才会悟过来，一脸的不可置信。片刻过后，她的身子不由得颤抖起来，非要起身出门问个究竟。秋声忙不迭，忍着伤口的疼痛，从床上爬起来，一把按住了苏凤："凤儿，这是真的，你不要激动，你方才产下安生，不宜走动。杜鹃在天之灵怕是也不想你这样不爱惜自己的。你要节哀。"然后又一气跟苏凤说明了起因经过。

苏凤听罢，眼眶里的眼泪顿时就砸了下来，她哭得不成人形。

自阿母离世后，这世上，除了秋声，真的再没有谁人待她像杜鹃这般待她好的了。她那样诚恳隐忍，此前吃了大嫂丫鬟秋菊的闷亏，都闷声不作气独自承受，没有与她抱怨一分一毫，全因只怕惹她心焦，怕她在梁府树敌，过不安生。这样好的姑娘，这样好的杜鹃，怎么说没就没了！苏凤还正筹划，再留她两年，就替她寻个好人家嫁了呢。她还这么年轻，她方才十八出头啊！

　　苏凤悲不自已，靠在秋生怀里，是又怨又悔，早知就不留她，早早替她找户老实人家嫁了，过安宁日子多好！

　　苏凤一直哭，一直念，哭到后来哭累了，便倒在秋声怀里睡了过去。

　　秋声安顿好了苏凤，心下便想，这样下去，是万万不可的。这些没人性的鬼子，现下祸害的还只是下人，再往后祸害的便是自己的血亲了。

　　于是他二话不说，给伤口换了药，便忍痛起身出了门去。

　　杜鹃死后的没几日，梁府上下，宾客频至。来的都是些日租界内的商贾、日本军官和艺妓。渡边招待了酒水茶点，与一干人等饮茶畅聊。

　　梁秋声出门遍寻无果，他思前想后还有什么生意伙伴、好友可求，陡然便想到了他在英租界的老友杜德鸿。他寻了个理由，出了梁府大门，大费周折找到了杜德鸿，又向杜德鸿说明了缘由，杜德鸿二话没说便应允下来。其实梁秋声从前与他也并无深交，不过是从前同一个学堂一块念书的公子哥，一块喝过几次酒，听过几次戏，其实他并没有指望这杜德鸿能出手相助的，不过是病急乱投医，抓到根稻草不管它能救不能救，都抓着再说，却没想到这杜德鸿却真成了救命稻草，竟答得如此爽快。

杜德鸿几通电话便给秋声安排了一处住所，在英租界里，是套洋房，房子不大，但足够一家老小挤着凑合了。秋声道了万千感谢，兴高采烈地回到梁府来通知老小，收拾行装，准备搬家。

不想，正在秋声整理衣装行李时，周长青陡然带着两个日本兵，来到梁秋声的屋子。周长青见屋子里一堆大包小包的行李物品，便阴阳怪气地笑问道："哟，三少爷您这是要去哪啊？"

梁秋声负气，冲上前去，怒目圆睁："老子爱去哪儿去哪，关你屁事！你们不是想要这宅子吗？给你们就是！"

"哟，从前可不觉得三少爷是个暴脾气啊。"

"狗汉奸，不得好死！"

周长青到底骨子里还是个中国人，这汉奸长汉奸短的，骂得他忍不住，脸上瞬间不悦，掏出抢来，抵着梁秋声的额头："信不信老子一枪要了你的狗命？"

登时，在一旁愣着的苏凤急忙忙奔过来，只见苏凤哭肿了的眼睛尚未复原，唇上亦是惨白毫无血色，但脸上还是堆着笑。她一壁拨开枪，一壁虚声说："周管家，您别动气，有话好好说。刀枪不长眼，伤了谁都不好。秋声他不是有意冒犯您的。我们只不过是遵照约定要将这府邸尽快腾空搬出去，为了让您和渡边少佐，以及您的这些日本官兵住得宽敞舒坦不是？我们一大家子人住在这碍手碍脚的，您这边做起事来，商量起个什么军事机密来，终归是不大方便的。所以这不准备早搬早好吗？"

"呵，瞧这话说得，油光水亮的。还是三少奶奶会言语，混过戏场的就是不一样。"

"周管家您说笑了。"

"嚯！这整座梁府上下，也就只有你还管我叫周管家了。"

苏凤不言。一来二去，气氛总算缓和下来。

"不知三少奶奶，有多久没唱戏了呢？"

"您不提，我还真忘了自己会唱戏这回事。仔细算算，大抵也有两年多不唱了。现在这破锣嗓子，怕是再也唱不成了。"苏凤心里有一杆秤，周长青这句问话，八成没安什么好心。于是便称着话里的分量，才敢捡来说。

"这恐怕就是三少奶奶说笑了，您这声音啊，金丝雀百灵鸟都不及您的万分之一。再说唱戏这回事，会唱就是会唱，不会唱给她配一百个上好的班子师父，她还是不会唱。我们渡边少佐，平日里也爱看些戏曲歌舞什么的。听闻这梁府中藏着您这样一个昔日红角，摆台唱戏的好手，今日正好赶上渡边少佐招待租界宾客，他便特意命我前来请您赏光，表演上一支半曲的。您看意下如何？"

果不其然。

闻言，梁秋声怒了："周长青！你什么意思？"

"没什么意思，只不过是想请三少奶奶赏个脸而已。"说着他又把玩起他手里的枪来。

秋声正要爆发，被苏凤拦下来，笑盈盈地迎上去："既然渡边少佐这样看重，我也不能驳了您和各位太君的面子。只是这唱戏讲究的是琴弦笛笙板鼓锣拔的配合，一个人成不了一台戏，还要有对戏的角儿不是？"

"这个您就放心吧，为了请您出山，我已经将天津城里最好的京戏班子，您的老东家长丰戏院，给您找来了。"

眼见着被逼到了绝处，苏凤不得不扯出牵强理由："真是多谢周管家抬爱，我也是真心想唱与各位听，只是您也知道，我诞下小子不过数日，这身子还在月子中，唱戏是个体力活，身子怕实在有些吃不消，到时候在各位皇军贵人前出了岔子，皇军开罪我倒是不打紧，要是怪罪您愚眉肉眼不会识人辨音，那可就不好了。"

周长青强忍着最后一点耐心，看着苏凤道："三少奶奶，您是聪明人。聪明人都是识趣的。不管怎么说，今儿个，这戏您是想唱能唱也得唱，不想唱不能唱，还是得给我唱。我也没空跟你在这周旋啰唆了，下午申时，戏台班子就到了，您准备好唱段和妆发吧。"

说罢，周长青便一瘸一拐地扬长走将出去。梁秋声气急，如鲠在喉，吞不是，吐也不是。气得他眼睛都憋红了。他转过脸来，对苏凤道："凤儿，这戏说什么你也不能去唱！"

苏凤望着他笑笑，不言语。秋声便知她心下已有了决断。

登时，安生在床上又哭闹起来，苏凤又忙转身去照看孩子……

申时方过，长丰戏院的林老板带着一众戏子乐师就来了。只见人人脸上都挂着不痛快，苏凤见了，想来受胁迫的也不仅仅她一人，心下凄哀。

"冷老板，好久未见，可还好？"林老板前来招呼。

"林老板，这您就见笑了，我苏凤已不是冷冰好些年了。"

"是是是，都怪我嘴拙。你看，这才多久，我都忘了你已嫁作人妇，两年有余了罢？"

"是，两年有余了。"

"时日真快啊，一晃眼就两年，一晃眼就两年。这两年，过得是否如意喜乐？"

"直至日本兵进到梁府前，都还算如意。至于喜乐……喜忧参半罢。林老板您呢，生意是否还红火？"

"钝刀子切豆腐，凑合。"

"听说现在戏院里这旦角是小七挑了主梁，唱得有模有样了？"

"小七，那是从前的名了。她现在改了名，唤作许梅仙。在外也都是响当当的许老板的名号了。"

"从前她的唱词运气都不及堇兰，怎地一下子就蹦上了枝头，幻作了凤凰呢？"

"许是一会子顿悟了，又许是祖师爷显灵，指点了章法，谁知道呢……反正当前这天津的梨园行当里，也就数她风头最劲了。也多亏是有她，我这上上下下几十号人，才算吃得上两口饱饭。也不避讳您说，只是这许梅仙太傲，戏台上唱得彩声掌声一片，但是这戏台下的交流应承功夫，那就真不及您十分之一了。"

"得势太早，并不是什么好事。"

"是。"林老板应承了一句，又关切道，"这梁府出了这样大的事，不知冷老板日后有什么盘算与否？"

"还在叫我冷老板？"

"怕是，今晚，您还得做一回冷老板。"

一语惊醒梦中人。苏凤不言，方才的闲谈叙旧，至此结束。苏凤与林老板道了回头见，便回身进屋准备她的妆发。临了，却听林老板劝诫道："冷老板日后若是有什么难处，尽管来找鄙人，鄙人能帮的一定义不容辞。"

苏凤又道了谢，心中是有万千的感恩戴德。

都说戏子情缘薄如冰，一敲即碎。林老板，却真是个有情有义的汉子。这些年与他合作，是真没看错人。

苏凤再不多想，她从自己的衣冠匣子里拿出那套水纹蟒袍，这便是她最后一次登台时穿的那套了，她实在舍不得，想着给自己留个念想，便随嫁妆一块带过来了。这两年多来，她未曾开箱动过它分毫，连瞅都不敢瞅一眼的，她原以为这蟒袍到死她都不会再穿一遍的。

没想到如今，却又要长衣水袖，涂红抹绿，铁戟银枪地摆台唱戏了。如此，想着心里却又是五味杂陈的。

她细细地摸着这蟒袍上的凤穿牡丹绣纹、蓝色滚边的缎子，云肩、玉带、凤冠上的点翠、珍珠、大排穗，一件件摸过去，这些物件，样样都很新，唯独心情是旧的。她一壁摸过去，那在戏场上下的事一壁就全都排山倒海地向她涌过来。

她还记得，当初从酒鬼杂技师傅那得救后，投入师门，坐科吊嗓日日辛苦，师父一言不合就皮鞭加身，抽得人不敢懈怠半分。苏凤以为从杂技师傅那逃出来，跟着黄师傅学唱戏，便有好日子过了。哪想这又得重操旧业，方出了狼窝，又进了虎穴。她几次在深夜里痛哭，都恨不得了断了自己，也落得做个清闲自在鬼。但每每当她感觉自己快坚持不下去时，阿母就会来造访她的夜梦，叫她懂事，让她坚强，让她好赖都得活下去。她转念一想，又实在恨老父和燕儿阿母不过，她非得活出个名堂来，给他们瞧。于是咬咬牙，师父的鞭子再重，心里再苦，身上再疼也扛着忍着。

其后有一段时日，苏凤也不知为何，同样是念白韵白念错，其他的师兄弟责罚都要轻些，师父唯独抽她是抽得最凶。直到一日，她被师父抽得实在爬不起来，苏凤窝在床上失声痛哭，跟师兄弟哭道心中郁闷，责怨师父不公。大师兄开解说，师傅打你重，那是我们师兄弟几个里，师父最看重你。他认定你能成角的，你犯错，他恨铁不成钢。你要懂师父的良苦用心。闻言，苏凤心中的心结这才打开。于是，日后苏凤便起床起得更早，吊嗓练功的时日更长，背唱词背得更卖力。

基本功打得扎实了，师父就领她去戏院里看了场戏，她记得她看的那场戏便是《贵妃醉酒》。她一见那贵妃的扮相就两眼放光，喜欢上了。她由衷地赞叹：那蟒袍我要是能有一件，该多好。

黄师父板着脸，说，会有的。

这戏开了场，咿咿呀呀小半个时辰下来，一曲戏罢。苏凤却望着师父说：师父，我能比她唱得好。

师父便笑了。

那是她头一次见师父笑。

隔日，她便在自己的床头，发现了一件水纹蟒袍。

……

陡然外边不知是哪个毛头孩子撞了一声锣，便将苏凤从回忆中拉扯出来。她来不及细想，又开始对镜拍底色、拍腮红、定妆、涂胭脂、画眼圈、画眉毛、画嘴唇、勒头、贴片子、梳扎、插戴头面……样样做得细致，样样都用了心。

终归，她还是个唱戏的。

那就挺直了腰板唱给他们那些王八犊子听吧！

可谁承想，这出唱给日本人的戏一唱完，她和秋声的感情便也到了尽头了。

六

梁家的后院里是专门设有唱戏台子的，听说是梁家老太爷好京剧，专让工匠搭的。老太爷一去，这台子也便不常用了。梁老爷不太听京剧，倒是秋声打小便爱，只要逢年过节，遇到大喜之事，秋声便闹着要听剧。若赶上老爷心情好，才会请些草台班子过来唱唱，算是遂了秋声心愿，这台子也才派得上用场。

自打苏凤过门，她都不曾见这戏台正正经经唱过戏。只是云萍姨太还在的时候，苏凤隐约见过她站在这台子上吊嗓吊过几次，咿咿呀呀动人得很。

不想，今日初次登上自家戏台唱戏，却是唱给夺宅杀人的日本兵听。

苏凤心里有一百个不乐意，又有一百二十个不得已。

酉时过半，天尚未擦黑，这台上布景的灯便亮了起来，间或有板鼓银镲的声音跟着出来。一水的长条凳摆得整整齐齐，前方是几张太师椅和小茶几，上面装点着些许瓜果茶水。

渡边放了话，今日梁府出入自由，街巷里的大人孩子们听说有免费的戏看，也都毫无顾忌地涌了进来。乌泱泱的一群人，站在座椅的后方，没一个敢坐下的。

不多时，渡边便喜笑颜开地带着一众日本人稀稀拉拉从屋里涌出来。他们落座后，日本军才列队进来，规规矩矩地坐在长条凳上。渡边随前方宾客边谈笑，边等着开场。周长青站在一旁伺候着。后面的街坊群众、打闹跑跳的孩子们也都噤了声，伸长了脖子巴巴望着。

好一个万众期待。

板鼓银镲一响，咚锵锵锵锵锵，苏凤便登了台，一个亮相，一个开嗓，台下就是一阵欢呼。早有听闻这长丰戏院的戏，是天津城里最讲究的。今日得闻，让后面站着的一众不曾买票进过戏院的都炸开了锅，铆足了劲地喝彩鼓掌。

苏凤是好长好长时日，未曾听过这喝彩声了。但这喝彩声，苏凤是自觉受之有愧的，一则是这戏是唱给日本兵听的，二则是因她两年未有露面唱戏，长时长日地未曾开嗓，唱词虽是记得的，出不了什么差错，但这唱词念白之间的气却总叫人露怯。只因这唱戏讲究的是日积月累，一日复一日修炼出来的气晕，这平日里的坐科吊嗓是来不得半分马虎的。这外行人听的是故事，看的是热闹，这久时久日坐在戏场子里的票友们可都是行家里手，只消一个亮相、一句唱词，就能知道这戏子好或不好。你的一句气没提上来，刷尾拖音没拖住，他们都能明显地感觉到……

而苏凤自个儿也明白，方才的这段戏文中，自己在换气拖音上不止出了一个两个纰漏。

苏凤两年之间，为了摆脱这戏子身分，事事避嫌，她不知是忍了多久，才将清晨做科吊嗓的习惯给憋没了。她更是断不敢在梁府里亮一句嗓的，就连一年多前当时白青莲那样逼她，秋声那样好戏，好些次恳声求她，她都硬是没有开腔。她是知道人言可畏之处的，只要她唱一句，底下就一定会有风言风语：哟，没想到这三房的太太戏子到底是戏子，忘不掉她那荣光生涯呢……

她是绝不想看见因自己的戏子身分，让府里府外的人戳秋声的脊梁骨的。

一壁唱，一壁想着，好赖一场戏撑过了半场。

苏凤分神由院墙外望过去，天上还有将熄未熄的最后一丝残霞，夕月已悄然从西边升起来，亮堂堂的，天上人间，好一轮圆月。

恍若隔世，真的恍若隔世。

台下右侧挤满的人堆里，站着梁秋声，一身素黑无翻领中山装，一副好长时日不曾修整过的寸头。眼神是透着无限关切和担忧的眼神。

也就只是在两年多前，那个深秋的寒夜，她在台上，他在台下。她唱的仍是《贵妃醉酒》,他望她望得入迷,她偷觑他,也是眉目含情秋波暗许的……

岁月去堂堂。婚说结就结,日本兵说来就来,如今的光景,谁又曾料得到?

这世道波诡云谲,一天一个样。天塌下来,只要他在,她便觉得一切都还不算太糟。

胡思乱想间,一句"皓月当空"后的气口险些没接上。

一个唱段平安唱下来,苏凤甩着长袖退将下去。台下就又是一片喝彩声。文戏是不过瘾的,后面林老板又接连排了两场经典武戏《闹天宫》和《三岔口》,最后又是苏凤的一场《霸王别姬》压轴,满满当当一个时辰,够了。

苏凤两场戏唱下来,腹痛得厉害。这唱戏提嗓要气要得长,两年多不曾正正经经唱过大戏,又是在月子中的身子,怕是伤了腹腔,下体莫名地流了血,疼得她一阵要晕过去。

戏散了,日本人在里屋设了酒宴筵席。他们一散,人群也就跟着散了。秋声逆着人流,窜到简陋的后台去,寻着苏凤时,苏凤已被日本兵连拖带拽地押走。秋声赶将上去,却被周长青给拦了下来。

秋声明知故问:"你们这是要将我女人带去哪里?"

周长青冷笑:"呵,三少爷,三少奶奶唱戏唱得绝,这渡边少佐意犹未尽,想着让她去陪各位军官喝喝小酒,然后再唱上一小段呢。"

秋声怒不可遏,毫不犹豫一记石拳揍上去。周长青被揍得一趔趄,险些倒地。两个日本兵见状,连扑上来。周长青恨恨地吐一口血痰，叽里呱啦朝日本兵吩咐了两句，转身就走。

两个日本兵围将上来，便是好一阵拳打脚踢……

秋声倒在地上不住地叫喊："凤儿，凤儿……"叫声如同掉队的鸟，脖上的青筋暴跳得骇人。

"凤儿，凤儿……"秋声仍在不住地叫，仿佛除了叫她的名字，他就再也说不出其他的话来。

渡边一行，散了戏台又摆了酒宴。筵席上都是西装革履穿得人五人六的日本兵，渡边坐于正中。卸妆后的苏凤被架着进来了，渡边一副巧笑："三少奶奶，您这戏唱得可真是叫我们日本皇军的子弟，好生喜欢。今天我们日本皇军迎来了日本在天津租界地的各位贵客，可否请您再献唱上个一支半曲的助助兴可好？"

周长青原原本本翻译过来，又将苏凤的话翻译回去。

苏凤气若游丝，捧腹虚弱地答："各位太君，实在不好意思，我方才产子，身子尚未愈合，今天唱了两出，已是拼尽了二百分的全力。还望太君早早放我回去，等我修养好身子，改日再给各位太君唱，您看行不行？"

渡边见状，便笑："看你这样子，也不像是装的。不过如果想让我们早点放你回去，其实也简单。都说酒中出戏子，今晚只要你敬我们在座的各位军官每人一杯清酒，我就放你回去，怎么样？要知道，这可是供奉给我们日本天皇上好的清酒呢。"

"渡边少佐玩笑了，烟酒伤喉费嗓，小女子做戏多年，从来都是滴酒不沾的。"

"你就绝了心这么不给面子了？要不要我将贵公子请过来，让我们各位太君看看贵公子是否也长得跟您一个俊俏模样啊？"

"别，酒我喝便是。"诞下了安生，就又多了一个软肋。

苏凤二话不说，也顾不上辛辣呛舌，上前端着酒杯闭着眼睛就是连敬三个，她只想早了结早好。三个人模狗样的日本兵拍手称赞好酒量，苏凤不理，竟自往后敬。

第四个便是渡边了，她手一抵杯，就被渡边拦下："三少奶奶，这么喝多没意思啊。要不你喝一杯，脱一件衣服，借我们看看你的春光可好？"

闻言，这几位身旁的艺妓名伶都挑着嘴角笑起来，一副等着看好戏的模样。

"天杀的！"听周长青翻译过来后，苏凤攒足身上的最后一点余力，将杯中酒不假思索朝渡边脸上泼了去，然后将杯子狠狠地砸在了地上。

她是豁出去了。这命，要不要，无所谓了。

一杯酒满打满泼在了渡边脸上。见势，站在他身旁的日本兵都提了枪。只见渡边一抬手，牙关一咬，抬手抹了抹脸，冷笑着向看门的两个日本兵说了两句日文。

两个日本兵"嗨"地应一声便转身向门外去，苏凤瞬间明白过来，立刻跪了下来，带着哭腔拉渡边的手臂："渡边少佐，对不起，对不起……方才是小女子不对，是小女子不识抬举，您大人有大量，我答应您就是了，求您别伤害我的孩子……"

苏凤一壁哀求，一壁开始脱衣服。

渡边这才抬手阻止两个日本兵前去抱孩子过来。

苏凤瞬间将上身脱了个精光，正起身准备脱裤子时，渡边陡然烦不胜烦，用力地摆了摆手，又派人将苏凤拖了出去……

如此，这一劫，才算是过去了。

苏凤衣冠不整，急蹬蹬捂着胸口回屋后，看见气急败坏坐在屋里、被打得鼻青脸肿的梁秋声。

她忙上前，捧着秋声的脸，关切地问他怎么回事。

秋声坐定了，冷眼瞧了她片刻，见她衣衫凌乱，满嘴的酒气，冷言冷语不答而反问她："你……是不是……被日本人凌辱了？"

这时，秋声的眼睛已经幻作了马士才的眼睛，是叫人捉摸不定的。他的语气是结了秋后的霜的，他的问话像是从阴沟里吹来的一阵凉幽幽的风，阴阳怪气得苏凤心里一阵接一阵的冷。

苏凤心下就觉得坏了，秋声该是要误会了。

她确切地反复地摇头，笃定地答他："没有。"

秋声闻言，二话不说，起身粗暴地将苏凤欺身压倒在桌子上，不可理喻地将苏凤的裙子撩起来，将苏凤的内裤扒到膝盖处，弯下腰来探究她的下体。只见苏凤的下体流着黑血恶露，惨不忍睹。

他甩下苏凤的裙子，侧过身去，一声冷哼，提着嘴角一记冷笑。

这下真是脚趾缝里长茅草，苏凤完全慌了手脚。

"秋声，你相信我！他们什么都没做，只是让我喝了两杯酒，就放我回来了。我这是唱戏时运气将伤口撑裂的，不是日本兵搅弄的！真的！"

秋声相信自己的猜测，相信自己的眼睛，唯独不相信自己的耳朵和苏凤的嘴巴。

苏凤百口莫辩，欲再解释，秋声反过身来，又是一记冷眼，一声冷哼。

见他如此面孔，苏凤亦觉多说无益。

她是真的累。现在让她做什么，她都觉得累。她再不作解释。

霎时，躺在床上的安生又开始哭闹，想是饿了。苏凤又连忙奔直床前，撩起衣服，小心翼翼抱起安生，就开始奶孩子。

秋声站在灯影下，像一尊雕塑，不说话，竟自生着闷气。

生闷气的男人，最不像男人，跟个二姨子似的。

苏凤边奶孩子，边想起阿母曾经说过这句话，陡然觉得在理。她看看秋声，还是没有言语，又转头望着窗外的长夜出神。

长夜真寂，寂得如此深邃。他俩间的沉默亦深邃。

当晚，秋声便出了门，彻夜未归。

苏凤独自守着长夜，抱着安生，一片伤心说不出，下体连着心一起绞痛得厉害。

她落了泪——这是她嫁入梁府来,头一次为秋声落泪。

秋声,你是聪明人,你该是明白我的呀。苏凤不住地在心中念。

一番胡想,越想越伤心。她是真的不知,是从何时开始,她的生活变成了这副模样。她只觉,这几日漫长得像是一场夏日午后昏沉的梦魇,她盼望着挣扎着能够早早醒来,可无论如何就是醒不来。

她想,无论如何明日要搬离这家了。

这家已经不是家了。

七

常言道,生死有命,富贵在天。

老太太的死,是谁都没有料想到的——抑或说,老太太死在老爷前头,是谁都没料想到的。

苏凤唱完戏的隔日,梁秋声大清早从妓馆里回来,一副混沌模样。他是着实伤了心的,又怪自己无用,他是认定了自己的女人是给日本兵玷污了的。他不痛快,他内心忧伤无处宣泄。他不敢报复日本兵,便只能报复苏凤。他心想,你做初一,老子等不及做十五了,老子初二就做!

梁秋声夺门而出后,直奔妓馆,一夜的放肆风流,一夜的愤恨发泄。

他心里翻涌着痛,他在娼妓的床上哭,哭得不成人样,骇得妓女以为招待了个俊俏疯子。好一顿哄,他进到妓女的身子里，咬她的锁骨，一壁做爱，一壁流泪。疼得妓女骂骂咧咧地夺门而逃。他便在妓馆里迷迷糊糊睡了一夜。

梦里，他又梦见苏凤被七八个日本军官调戏拨弄的场景，他就站在一旁，声嘶力竭地叫唤，可无人搭理他。他在梦里喊了一夜，醒来时，人已接近虚脱。

原来做梦，也是极耗力气的一件事。

天方亮，他便拖着游魂似的身子疲惫不堪地回到梁府。一回梁府就被梁友道拉着去洗了把脸，然后去向渡边招呼告辞。

"还跟他告什么辞？他不就是要这宅子么，不是给他了么，还跟这群日本兵讲那么些礼数，你没病吧，大哥？"秋声没好气地一通发难。

友道只笑着摇了摇头，这三弟还是不得这其中要领，只道让他随他去便是了。

经过一夜的打点收拾，梁友道已将生活细软删繁就简地整顿好了，只等着跟渡边打声招呼便可以离开。

这昔日的家，已为是非之地，早走早好。

"你昨晚是干什么去了，怎么是从外边回来的？"

二人边往西厢房走，友道边问他。

秋声不答，这家丑叫他如何开得了口。

友道也就只摇摇头，不再作声。

兄弟二人来到渡边的厢房，见渡边已洗漱齐整，坐在案几前，周长青也站在屋内，仿似就料到他们会来似的。

梁友道笑笑说明来意，说是要将这日军觊觎已久的梁府拱手相让，只要让他一家老小全身而退，这梁府说腾出来也就腾出来了。

渡边笑言："想让这一家老小全身而退，倒是好说。但是梁少爷必须得拿出点诚意不是吗？"

"你什么意思？"

"没什么别的意思，只是我这日军上上下下二三十来号人，得吃喝用度不是？"

"这家里的粮食，我们不会带走一粒一粟，你们用便是了。"

渡边不言，看着周长青。

"那哪能够啊？渡边少佐的意思是，贵府的粮厂……"

"你放屁！你不要欺人太甚！"还不等周长青说完，梁秋声便犯了冲。

"这屁我还就是放了。这转让协议我是放这了，签不签全看大少爷您的了，反正咱们好些日本皇军的士兵已经在梁老爷、梁小姐还有两位夫人的房门口候着了，您仔细掂量着，给您的时间不多，也就三分钟……"

言毕，屋内再不见声响。

梁友道暗自掂量了轻重，咬咬牙签了字，连再见都没说，转身就走。

呵，再见？这种吃人不吐骨头的东西，一辈子再也不见才好！

马车是早就雇好了的。一家老小，收拾家当细软，下人们吭吭哧哧地忙着往上搬。书静、书齐带着月儿欢天喜地地跟着上蹿下跳地拿些小物件，摆上去。

少不更事的孩子，什么时候都是喜庆的。

行李都备得妥当了，一行人茫茫然站在梁府门口。梁如美挽着梁老爷，宋福如牵着书静书齐，苏凤一手抱着安生，一手牵着小月儿，梁秋声站在一旁，硬是不愿再多看苏凤一眼。

梁友道忙前忙后招呼着下人们各自散去，又各自打发了好些银钱，说那租借地的屋子甚小，容下一家老小已非易事，道了千万声感谢，又说了来日东山再起，还可再续前缘……

好话说尽，主仆关系，至今清算了结。此后各自为政，好与歹，各安天命了。

妈子丫鬟伙计长工皆散去，唯有李妈支支吾吾不愿走，她望着自己从小喂奶带大的秋声和如美，又看了看自己看着长大的友道，眼眶不觉就潮润了。她一步三回头，走出不远，又下定决心似的，急忙掉转头来，跪在老爷面前，哭道："老爷，您就留下我吧。"

"你这是做甚。"老爷说着就要去扶她。

"我在梁府了三十来年，孩子们都是我看着长大的，您也知道，现下我早已是无亲无故了，我不知道自己能去哪。您就把我留下罢，这些年，我伺候惯了，一想着往后没人招呼伺候了，我这心里是空落落的，没个着落。"

梁老爷是知道的，二十多年前，李妈的男人不争气，在码头搬工不小心被卷到海里淹死了，连尸体都没捞上来，就这么去了，留下她们孤儿寡母。其后她儿子在刚满一岁那年生了天花，硬是没熬过去，也去了。至此，李妈就孤单单地一个人，彼时紫怡也方去世不久，秋声和如美便是吃李妈的奶长大的。李妈也乐得将他们兄妹二人当自家孩子养，照顾得无微不至。只是时下，这家说垮就垮了，他是不忍心再牵扯这老妪跟着一起受苦。时下，见她一个孤寡老人，既然如此低声下气地求了，梁老爷也就没什么好说的了。

"李妈，您赶紧起来。您若是不嫌弃，不怕跟着我们受牵连，那就咱们还是一家人。"

梁老爷屈身将李妈扶起来，李妈抹了抹眼泪，瞬时间破涕为笑，从地上一骨碌爬起来，又一壁抹眼泪，一壁忙不迭地帮忙搬运行李，嘴上还咧着说不出的笑意。

家里的上下老少定在那，看着此番情景，心中又是万千感激。

梁友道见东西都整理得差不多齐备了，又扫眼看了看这一家上下，发现少了老母，便差遣宋福如去佛堂请老母出来。

自白青莲夺窗而逃后，梁友信将自己关在小木屋里，再不曾出来。梁友道对他是千般万般劝说，他也不肯离开梁府，离开他那小木屋的。梁友道好话歹话与他说尽，他仍不为所动，友道是恨铁不成钢，留了字条写了地址，铁着脸便走了。

梁老爷也说，过两日他知道厉害了，自然会跑过来。

这边厢，宋福如赶到佛堂时，一推开门，抬眼便撞见一双吊在半空中的脚，地上是散落一地的佛珠。梁老太将自己挂在房梁上，背对着宋福如。宋福如没见着梁老太的死相，单单一副悬在半空的身子,就已经够她受的了。她不禁骇得一跌,捂着嘴也止不住惊叫,眼泪潸潸地跟着就下来了。

这俗世中,万千生死里,她是最怕吊死的状貌的。

宋福如捂着嘴跌坐在地上,魂都不见了,只顾着一壁哭,一壁低声地叫。

叫声不大,但还是引来了两个日本兵。日本兵尚未近身,宋福如却陡然鬼使神差腾地站起来,连忙将佛堂的门关上,迅速地抹掉眼泪,软着腿走近两个日本兵,强挤出笑颜,对他们连连摇手。

日本兵本来也忌讳佛堂,总觉得那地方阴森森的,又见宋福如无事,便返身走了去。

宋福如在回廊里又坐了片刻,深深地吸了吸气,又吐了吐气,最后又抚了抚胸口,拍了拍屁股,向大门口走去。

宋福如只身回来,梁友道忙得焦头烂额,也没空仔细端详她白惨惨的面色,只问道:"娘呢?"

宋福如瓮声瓮气答:"娘说,她最后再念念经,晚些等咱们安顿好了,再让咱们来接她和友信。她自个儿躲在佛堂里,日本兵向来也不怎么叨扰,不打紧的。"

"这怎么行!"梁友道说着就要往里走。

"友道!"梁老爷一声喝住了友道,又摇摇头,"随她去吧!"

这婆子,一辈子没怎么出过梁府的门,自然是舍不得的,她整天整日地待在佛堂里,那些日本兵也不会拿她怎么样的,随她去吧。待安顿好了,再来接她也是一样的。

家里的人，都没瞧出有什么不对的地方，只有苏凤硬是瞧出了大嫂脸上的不对劲。于是便借故说还有个陪嫁时的小物件忘了拿，然后招呼李妈过来，将手中的安生交给她，嘱咐了一声就回身进了屋，直奔佛堂。她站在佛堂门口，定了定，心下已有了最坏的打算。她一推开佛堂的大门，见状还是惊了一惊。

她没有哭，不知为什么，这些时日下来，碰到生死大事，她却总没有要哭的想法了。她镇定了片刻，脑子里又浮现出了宋福如的神情，她不禁笑了一笑。

她扶着门槛，缓缓地将身子蹲下去，将散落一地的佛珠一粒粒捡起来，用手绢包起来，然后带上门，在门口磕了个头，施施然出来。

其实苏凤自己也不知道她为什么非得一探究竟，又为什么要将太太的佛珠捡拾起来。

她只是非常明白宋福如的想法，她只想活命，只想尽快逃离这梁府，其他的都管不了了。苏凤也知道，如果让大哥和秋声知道了这老太太的死讯，保不齐他们兄弟二人要转身回去和日本兵拼命，指不定还未出这梁府大门，一家老小就都死在梁府里了。即使他们兄弟二人忍气吞声，带着老太太的尸体到人家租界的屋子里做的第一件事就是办丧事，要别人怎么想？

苏凤关了门，走出来。跟大哥友道说，走吧。

当前就只能走一步，看一步了。

她也只想要一个安生。

说到安生，时下，躺在李妈怀里的安生，不知不觉已沉沉地昏睡了过去……

八

梁家老少安顿在英租界的一间半大不大的套房里，秋声对杜德鸿又是伸手作揖，又是千谢万谢的，只差没下跪磕头了。

杜德鸿只是笑笑说："朋友有难，出手相助是应当的。"说着便又打量了苏凤一眼。

秋声也不看苏凤，只又笑着向杜德鸿介绍："这是贱内。"

语气是极轻蔑的——他还在与她置气。

"我记得的。在苏小姐尚还是冷老板时，就闻名过了。你们婚宴时亦是见过的。"

苏凤倒对这个梳着油头、穿着背带马甲、一副板瘦身材文质彬彬的杜德鸿没什么印象，但又总觉得莫名熟悉似的，总感觉像是她还在唱戏时，他俩就已经在戏院里碰见过似的。

也由不得多想，只客客气气地唤一声："杜先生好！"

杜德鸿笑笑："也别见外了，我和秋声是同学，你也叫我德鸿就好。"

苏凤笑而不语，转身回房安顿去了。

苏凤方回房，便发现安生的小脸迷迷糊糊地通红，探手一摸，竟在高烧中，又忙急唤李妈去寻大夫，顿时李妈蒙了。这英租界，初来乍到的，人生地不熟，上何处寻？

杜德鸿听闻房内一阵骚动吵嚷，二话不说奔进房门，一摸安生的额头，小脑袋烫得厉害，心下便觉不妙，抱着安生急急忙忙地就下了楼去。苏凤赶忙追出去，李妈亦追出去，苏凤又转身，招呼李妈回去帮衬整理屋子，再一路追将上去。

跑了不多时，就见这杜德鸿连跑带闯，便进了一家西医院。方进医院，就对着护士大吼大叫："赶紧叫你们张主任出来，救人！"说着就是一通跑，径直将安生抱到了主任医师的病房中。

其情其景，仿似生病高烧的不是别家孩子，而是自己的孩子一般。

苏凤追上来时，只见杜德鸿在病房内满头大汗，撑着膝盖喘着粗气，自顾自地嘀咕。苏凤忙将安生放到病床上，又是抚，又是摸的，心疼焦急之相溢于言表。她可不愿安生有个什么三长两短。

正在苏凤一阵焦头烂额之际，背后传来杜德鸿喘匀了气的声响："别担心，张主任马上过来。他是租界里最有名的医生，会没事的。"

苏凤回身一看，两人四目交接，苏凤躲闪不及，还是撞见了他眼神中的火热。不知为何，苏凤自那火热中，似乎还感觉到了一阵哀伤。

她只觉这眼神，太熟悉，仿似注视了她好些年似的。

这一看，陡然搅得她心慌意乱了一阵，忙回身又去探安生的额头。

此时，张主任一个箭步冲进来，杜德鸿忙迎上去，二人边探病边寒暄了些近况。张主任一摸孩子额头，掰开孩子口舌，一番探究，眉头锁得有些紧。

张主任又吩咐周身护士，取哪些药打什么针，一通忙后，又回过头来责问，怎么现在才把孩子送来？

苏凤欲要捡些话语解释，顷刻又觉得都是借口，便只得连连道歉。

"跟我道什么歉！跟孩子道歉，跟自己道歉。再晚点，道歉都来不及。"

听闻这句话，便是咽下了定心丸了，心安定下来。

杜德鸿又向张主任道了谢，张主任拍了拍杜德鸿的肩膀，又玩味地瞧了瞧身边这女子，笑了一笑，话未出口，就被杜德鸿给推了出去。

杜德鸿回身进了房，支支吾吾地说："那……那你照看着，我先走了啊。"

"噢。"苏凤突然反应过来似的，抬起头看他一眼，又迅速低下了。

"噢，对了，这打针看病的钱，你就不用管了，有什么需要的尽管叫护士就是了。"杜德鸿正准备出去时，又回身过来提醒。

"杜……杜先生，真的……真的不知道该怎么谢谢你。"苏凤陡然期期艾艾起来。

"苏凤，不要叫我杜先生。另外，咱们之间是不言谢的。"杜德鸿郑重地丢下这句话后，便关门扬长去了。

苏凤待在病房里，脑子里却不禁塞满了他离开前说的最后那句话。

两日之后，安生醒转过来。苏凤高兴坏了，抱着孩子亲了又亲。回到家时，一问李妈秋声去哪了，李妈支支吾吾答不知道。苏凤不响，见李妈这模样，怕是又去买醉买得不省人事，不知去向了。

苏凤又问，大哥怎么也不在？

李妈答，该是去接太太和二少爷了。

但还没等友道将友信和阿母接过来，友信便出了事。

秋声一行搬到租界的当天晚上，日本兵鬼使神差地在厨房里抓到了偷食的白青莲。原来白青莲跳窗逃走之后，并未逃出梁府，她在狗棚里窝了两日后，又偷偷回了云萍姨太住的房子里，每天深更半夜的到厨房偷食，养活自己。

不想，这一日深夜又去偷食，结果被出门解手的日本兵碰到逮住了。

白青莲已彻底疯掉，一副灰头土脸蓬头垢面的模样，眼神是涣散的，无法聚焦的眼神。日本兵将她拎到屋子里，刚抓着头发，扒她的衣服，她就开始号叫："友信，放过我。友信，你放过我！我再也不敢了！"

日本兵哪听得懂她的叫骂，只要听到女人叫，他们就兴奋。兽性大发的日本兵也顾不上她蓬不蓬头，垢不垢面，抑或是不是正常女子了……

梁友信在小木屋里隐约听到了白青莲叫自己的声音，以为是幻听，翻个身便睡了过去。

翌日早晨，他便听到日本兵窸窸窣窣的声音，恍恍惚惚间看到两个日本兵拖着个女人从他的小木屋门口经过。

他觉得眼熟，探身一看，便看见了白青莲傻兮兮笑着的脸，嘴边脸上都糊满了白色唾沫似的东西。只见两个日本兵将白青莲扔进了云萍的屋子里，将门锁上，又将窗户拿钉子钉了起来。隔日夜里又来两个日本兵开门将白青莲拖走，白天清晨里又将她送回来。一日三餐照管不误。

友信恨得牙痒痒，在屋里做土炸弹的手也跟着晃动起来。

他早就会些烟火手艺的，太平日子里是为了哄孩子开心的手段，但自打日本兵进了梁府，自己怄气杀白青莲不得，他就没打算让周长青和这些日本兵活着出去，自然也是没打算自己能够活着出去的。

他每天没日没夜地在小木屋里默默地捣鼓硫黄，做炸弹。时常做着做着，自己都会冷不丁地笑起来。

这一日晌午，终于大功告成，做足了量。他望着堆好了的炸药包，满足地笑出声来，然后踏踏实实睡了一觉。

梁友信起来时，天已是暗了下去。他拣了件体面衣裳，摊在床上，又好生掸了掸上面的灰。这是件缎面的黑色西装，那还是自己二十五岁生日时，白青莲特意从洋装店里买来送给他的。她说："男人就该有套自个儿的西装，穿起来，精神！"

梁友信喝道："好好的中国人，穿西洋人的衣服作甚！"

他嘴上虽是这么说，但心里亦是无上高兴的。后来白青莲还问过他，为什么不穿送给他的那套西服。他依然犟嘴，说中国人不穿外国人的玩意儿。

白青莲骂他老古板，转过身就又偷笑，只因她看他好几次偷偷地拿着毛刷好不仔细地刷那西服……

那该是多少年前的事情了？

七年，八年，还是九年？

那时，书芸尚在人世，夫妻感情和睦，没有周长青，也没日本兵……

友信越想越恨。他又想到老爷常说他是老太太的脚趾头，注定窝囊一辈子。这次，他是下了决心，不撞南墙不回头的了，其实他也没打算回头了。

只见这一夜，他将竹筒子做成的炸药绑在身上，绑了一圈又一圈，像是要将这炸药勒进骨子里似的，然后套上这西装，最后又扫了一眼这小木屋里剩下的炸药包和自己平日里雕的那些人偶禽兽，头也不回地带上门，一瘸一拐往那日本兵住的厢房里去。

他一进去推开门，就看见被剥得精光的白青莲，坐在床沿上，晃荡着两条腿，像孩童似的傻兮兮地笑。一个日本兵已经将自己脱得干净，站在床上，生殖器对着白青莲的脸。另两个也光着上半身围在白青莲周身上下其手。

他站定在房间里，不急不缓地给自己点了支烟。

日本兵见有人进来，起先一惊，脱光了的日本兵惊得当即跌坐在床上。后隐隐约约见是个跛子，几人都觉得该是翻译官周长青，两个光着上半身的日本兵笑脸迎上来，说："翻译官，要不要来玩玩啊？"话还未落音，走近一看才察觉出不对，立刻变换了嘴脸……

可一切都迟了。

梁友信手中未灭的火柴，往胸口的引信上一点，迎上前去就抱着两个日本兵要往床上推，但他毕竟是个瘸子，使不上劲。推到半路，三个人就一齐炸开来。

"轰！"

沉闷的一声，像是丢在水里的鱼雷。

登时间，满屋子血肉横飞，青烟直冒。炸开的肉块溅得那个赤条条的日本兵和白青莲一身，一只不知道是谁的断手炸得搭在了日本兵的生殖器上，怕是吓得他下半辈子都得阳痿了。

白青莲惊声尖叫，踩着满地的血肉，疯也似的往外逃。

待到黑烟散去，渡边和日本兵赶将过来时，屋子里的画面直叫人作呕，断臂残腿，像是尚未清理的屠宰场，血肉还腾腾地冒着热气，三个人被炸得没有一丝人形。

想必梁友信也不知道自己的土炮竟有这样挫骨扬灰的威力——自然，他也没法知道了。

隔日清晨，梁友道到梁府来要人，一个都没接上。

渡边引他去厢房里，满屋子的血气还没散，友信的尸身已经被连夜清理掉，拿去喂了狗。屋子里还剩下些碎骨头和头发，也分不清是谁的，他强忍着胃里的一阵反酸和眼眶的愤恨的泪珠子，将那些碎骨头拣了起来，揣进兜里。

又去佛堂里接阿母，阿母是早就吊死了的。一见到阿母吊在半空中的身形，他忍了半日的眼泪，终于崩溃，他抱着阿母的脚就痛哭起来，号啕的声音满是凄惨。

他没有丝毫与日本兵拼搏的想法与力气，只顾着哭。

周长青站就在他身后冷笑。

梁友道背着阿母从周长青身边错身时，周长青唤了声："大少爷，慢走不送。"

友道未曾搭理他，他没有力气搭理他。

梁友道丢了魂似的背着梁老太的尸体从梁府出来，已是正午。他没有雇车夫，也没有叫抬尸的伙计，他竟自背着梁老太走在光天化日的大街上，满脸的泪。

六月正午的太阳，毒辣得像张泼妇的嘴。他热得满头大汗，老母的身子冰凉极了。他走几步，阿母的手就从他脖颈里滑下来一次，他就像女人整理自己的肩带一样，又将阿母的手拉上来。

街上的人，碰见这么个情形，都躲得远远的，指指点点，摇头的，叹气的，木讷的，自然还有在和梁府结过仇怨的便是另一副嘴脸了……

梁友道全然不闻，他只顾着背着阿母走。其实他也不知道要将阿母背到什么地方去，他感觉自己就像只游魂似的，漫无目的地从东大街走到西大街，从西大街又走到了南大街。

当他经过南大街时，正巧碰到了在南大街办事的杜德鸿。

杜德鸿正欲寒暄，一看情形不对，立刻叫自己的司机开了车，将他们往家里送。

杜德鸿帮着梁友道将老太太尸体送上楼时，宋福如和苏凤都惊了一惊，宋福如率先哭出来，假模假样地问："这是怎么了？友信呢？"

苏凤看着宋福如哭丧的嘴脸,不知为何无来由的厌恶。比起对宋福如的厌恶,她似乎更在乎在大哥身后细细照看着老太太遗体的杜德鸿,没想到他人竟这么宽宏,不忌讳。

一屋子人都挤了出来,哭声响作一片。先是书静哭,书静一哭,书齐也就跟着哭,两个大孩一哭,小月儿自然也跟着哭起来,苏凤怀里的安生听到哭声,也跟着哭起来。然后是最后出来的如美,她一壁哭,一壁扇自己耳刮子,责怪自己,骂都是自己不好……

梁老爷暴喝一声:"都别哭了!天塌了?"

霎时屋子里都噤了声……

秋声酒后,去了盐厂,尚未回来。

待秋声从盐厂那头灰头土脸耷拉着脑袋回来,噩耗便又添了一桩。

盐厂的工人被日本军假借清查反日分子之由,打死的打死,逃跑的逃跑,已经溃散得不成样子。日本兵趁机霸占了梁家的盐厂,连同隔壁几家冶炼厂也被日本兵一同霸占了去。

屋漏偏逢连夜雨。

闻言,梁老爷急火攻心,脸色铁青,在屋里坐了片刻,起身说要出门透透气。梁友道要跟去,老爷一抬手说:"谁都别跟来。"

屋里一行人便怔怔地看着他拄着拐棍带上门出去了。关门不过片余,便听到楼梯里"噗蹬蹬"一阵声响。梁老爷从楼梯口栽了下去。

一行人又呼啦啦跑出去,友道抱着老爷,老爷望着他,嘴唇抖了抖,似要说些什么,没来得及交代就咽了气。

梁老爷咽气时,那双浑浊的老眼尚还睁着,那眼神里尽是不甘与不可置信。

又是一阵鬼哭狼嚎。

——天,真的塌了。

第五章

一

梁家二老和友信的丧礼办得甚是简洁，暑天里，又是客居于人，由不得讲究，没来得及停尸三日，写帖发丧，就草草下了葬。

三人合葬在梁家的祖坟里。

富在深山有远亲，穷在闹市无人问。下葬那日下了倾盆大雨，没有宾客，只有一家子大小八口人连同李妈和杜德鸿十口人，七零八落地站在坟头。雷鸣连着闪电，狂风中邪似的吹，连蜡烛纸钱都点不着，好容易遮遮挡挡点燃了蜡烛，大雨又泼熄了纸钱。

见此状，梁友道终究没忍住，一时悲从中来，一声暴喝："去你的日本兵！"随后便一气扑在坟头捶胸顿足地号啕，泥溅了一身。鼻涕眼泪混杂着雨水，铺得满脸都是，宋福如泣声上前劝慰，梁友道似个犟脾气孩子，如何劝都劝不住。

苏凤从未见过大哥掉泪，也从未见过他如此悲痛欲绝的模样。他是真伤心透了。她抱着怀里冻坏了的安生，转眼再瞧瞧自己的男人，失心疯似的，嘴里没出息地碎碎念着，没了，都没了。苏凤心中是再无力不过了。

如美侧身转向一边，亦是哭得没了人形，心中是百千个懊悔，恨自己为什么非得搅进抗日学生队伍里，惹来这样一桩通天横祸。

几个孩子的衣服都淋得透湿，眨巴着眼睛，非常无辜的样子。

杜德鸿站在苏凤身后，伞不自觉地往她那伸了又伸。

这瓢泼大雨，没头没尾似的，下个没完……

办完葬礼，不日梁如美负气离去，她是再也没有任何脸面面对几位哥嫂。自打日本兵进门那天开始，她就觉得是自己害了全家，心中负罪难当——她是打心底里内疚的。

梁如美没留任何音信离开后的第二日，梁友道亦抛妻弃子，不知去向。大嫂宋福如在家等了友道三五日，整日以泪洗面。三五日，还不见友道回来，便出门去寻他，去梁家的粮厂、砖瓦厂寻，寻不见；又偷偷在梁府周边周游打探，怕他和友信一样一时冲动和日本兵拼个你死我活，周旋打听了半天，没有听说任何这几日有拼杀打斗的消息，于是又放下心来。转念一想，他会不会一时想不开找一僻静地方寻死去了，她又开始疯了似的满城的井池里找,还是寻不见……

女人最擅长的就是胡想,而胡想又是顶折磨人的一件事情。

几日寻夫无果,宋福如整个人瘦了一圈,黑了一圈,也疲惫了一圈,再没有一丝半点当初梁家大少奶奶的气韵风度。

这一日,仍旧寻夫无果,回行时路过一家烟馆,她便着了魔似的钻了进去,一躺就是半宿……书静和书齐在家里见不着母亲,哭得不可开交。

半夜,苏凤不得不安抚好书静书齐的情绪,然后硬着头皮出门去寻她。在梁府周边寻一圈,又去梁府墓地寻一圈,皆不见人影。苏凤陡然灵光乍现似的,想到曾经从下人的碎嘴里从过大嫂似乎喜欢抽大烟,便又一步步朝着回家路上的烟馆里寻。

果不其然就在英租界附近的一家烟馆里寻到她。

烟馆里一片乌烟瘴气,男男女女歪歪倒倒地躺在炕上,只消一口,各自便登了各自的极乐。这群躺在炕上的人,皆是一副人不人鬼不鬼的模样,姿态各异。有抽得口吐白沫的,也有飘着手喃喃地说着各自愉快不愉快胡话的,一群人嘴角都挂着相同的痴癫的笑……人间鬼怪,都在这里了。

"大嫂,你这又是何苦呢?"

"是……是你啊?要……要不要……尝一口?"

眼神是再迷离涣散不过的。

苏凤不搭理她,二话不说,拖着人就走。烟馆老板横加阻拦,苏凤说了好些漂亮话,又打发了些银钱,才将宋福如带出那妖魔横行的"盘丝洞"。

此后接连两日,苏凤又夜夜去烟馆里抓她,每抓她一次,身上所剩不多的银钱就亏空一次。这样下去,是万万不可的,她要与秋声商量办法,秋声却还在与她置气,不吭一声,自睡自的,对她就是不搭一腔。

苏凤没办法,硬是从书静的口中问出了大嫂娘家的方位,去信一封,说明缘由,好言求娘家的来取人。

没两日,宋家的舅子便赶了马车过来,将两个孩子,连同宋福如一道接走。临行前,娘家舅子给苏凤留了口信,说是等梁友道回来,去她娘家接她,无论猪窝狗窝,好赖是个家。说完便带着书静、书齐两姐弟和他们那精神萎靡的宋福如往老宋家去了。

苏凤在料理大嫂的事情那几日,梁秋声日日下酒馆里酗酒,喝得不省人事。苏凤也劝,梁秋声与她置气,不理她,看见她权当没看见。

那几日,苏凤既要料理安生,又要照顾小月儿、书静、书齐,还要一家烟馆一家烟馆地去寻大嫂,大热天的好容易将大嫂架回来,还要受秋声气……如此这般,搅得她是心力交瘁——彼时的她,对此仍是任劳任怨的。

有时,秋声喝酒回来,还会没来由地哭,砸东西。苏凤近身去抚慰他,他却总推开她,叫她滚,甚至还骂她扫帚星。

苏凤心里委屈。在她觉得委屈的时候,她就把她和秋声在北京照相馆里照的相拿出来看,盯着照片一壁看一壁落泪。落完泪,该收拾秋声醉酒后的残局还收拾残局,该给安生喂奶还给安生喂奶,该哄月儿睡觉还哄月儿睡觉。

好在,还有个李妈陪在近旁,宽慰自己。李妈时常也劝秋声,男儿要有男儿的担当,本想他赶紧振作起来。可秋声却硬生生地一句话将李妈堵得没了言语。

——你个老太婆子,莫要以为从小吃你奶长大的,你就是我亲娘;莫要以为你和我爹睡过,你就可以蹬鼻子上脸,指到我头上了。我告诉你,即使我爹我娘去了,这还没你说话的分。你就是做奴才的命!

闻言,李妈是难堪又夹杂着难过,心里是一阵翻着一阵的痛。她在梁府任劳任怨做了大半辈子,什么都没求。即使二十年前,老爷酒醉后,进了秋声他们的房,将她误认为是紫怡,侵害了她。她也并没有以此为缘由,要求个什么名分不名分的。秋声这孩子也是一路看着长大的,虽说年轻时也曾浪荡不听说不听劝,但自打去了英国回国后,就变了一副模样,如今怎就又变回从前那副混蛋模样了?李妈弄不明白。

李妈一壁想着,越想越是伤心。一壁伤心,一壁坐在屋里清自己的行李物件,去外面冻死饿死,被日本兵的炸弹炸死也好,这家是如何都待不下去了。

苏凤见状,抱着安生进了李妈的屋。李妈听闻了动静,又忙提手拭泪。

苏凤心中也不好受,只说:"李妈,您别跟那糊涂东西置气,您留下吧。"

李妈不为所动,心中五十个不情愿,八十个伤心,一百个彷徨，还有一百二十个倔强。下人归下人，为人的基本尊严还是要的。

苏凤又道："李妈，您也知道秋声的品性不坏，不过是咱家走了霉运，近来发生的晦气事是一桩接着一桩，他一时接受不来。您是看着他长大的长辈，求您看在才过世不久的老爷太太的面子上，留下来吧。也看在我和安生的一点薄面上，您就留下来吧。这两个孩子，我一个人看管不来的，您就当可怜我这妇人，求您了！您就留下来吧。"苏凤一壁说，一壁红了眼眶。

李妈停下了手中的动作，坐在旁边，别着头，不说话。

"等过段日子，秋声缓过来了，我再让他给您赔个不是。您就别放在心上了罢。"苏凤说着就蹲下身去，拉李妈的手，泪说掉就掉了下来。

这一动静，惊醒了睡觉的安生。孩子一醒便哭了，苏凤又急忙忙起身左摇右哄的，还是不见停，又撩起衣服给孩子喂奶，安生不吃，仍在哭。

李妈见状，这才嚅着嘴开腔道："怕是尿了。"声音里也不是没有怨怪的。

苏凤忙一摸孩子下面，果不其然湿了，又转头望着李妈，傻乎乎地笑，李妈望着苏凤又是泪，又是笑的，不多时，板着的脸陡然也笑了起来。

李妈忙从苏凤手中接过安生："你这刚当妈的，好些事还没摸个透彻明白。这养孩子啊，学问可多着呢！这以前我带如美和秋声……"这讲到了兴头上的话，已经到嘴边了，又硬生生地给堵了回去。

苏凤又忙接话打圆场:"是是是。这老话说,家有一老,如有一宝,是没错的。李妈您啊,从今往后,就是咱这家里的一宝咯!"

李妈又被这话给逗笑了,应了声:"就你会贫!"转身便帮孩子寻尿片去了。

苏凤喘了口大气,这事总算是安顿下来了。其实她也并不全是为了自己而留李妈,李妈的事早前也是听说过的,当下时局这么乱,她一个干粗活的老妪能去哪,能干什么,最后不得沦落街头讨饭去啊,这天下到处都是讨饭的,她不早晚得饿死。

这家已经散了,能团在一块的,就团在一块罢。

二

这样的日子过了上十日,杜德鸿前来问候日子是否安乐如意。一进屋便看见家里家具几乎无一俱全,破的破,损的损,梁秋声倒在沙发上亦是一副颓败微醉模样。杜德鸿陡然气不打一处来,拎着秋声的衣领让他坐起来,冷眼看了他一会,道:"成天窝在家里喝酒,成什么样子?我今天前来,就是来告诉你,我托朋友给你谋了份银行的差使,明个儿我就领你一块上班去。"

秋声尚还清醒,迷迷蒙蒙抬眼一瞥,见站在跟前的不是别人,正是帮他助他,救他们全家于危难的杜德鸿。只见他一身周吴郑王干净笔挺的装扮,这下陡然不知又触到了秋声的哪根神经,他跌跌撞撞地起身来,反揪着杜德鸿的衣领子道:"杜……杜德鸿,是你啊?我告诉你,别以为你父亲跟英国领事馆的关系瓷实,给我找了套破房子,就可以在我跟前耀武扬威颐指气使的。老子之前可是家大业大的梁府三公子!老子西服的一个领结比你全身上下加起来都贵!你在这跟老子摆谱,指明路?告诉你,老子不需要!"

苏凤站在一旁,闻言见状急来救场,开腔道:"杜先生,您别见气。秋声他喝多了,还不清醒,这是胡言乱语的,全都是胡言乱语的。你千万别见怪,别往心里去……"说着就一壁望着杜德鸿,眼中是真又急又哀切。

秋声见这个被日本兵玷污了的女人在为自己开脱,突然发力将苏凤一推一搡:"你这烂货,这家里什么时候轮到你说话了?"

苏凤险些被推到地上,杜德鸿眼疾手快忙扶了上去,关切地问:"你没事吧?"

苏凤忙将德鸿的手推开,不敢瞧他的眼睛:"多谢杜先生,我没事。"

这时,秋声又开腔了,他冷笑一声,望着杜德鸿:"杜德鸿,你别以为老子不知道你为什么帮老子,你不就是喜欢老子的女人吗?早在老子婚宴上,老子就看你望着这贱货的眼神不对了。我告诉你,这个贱货,她被日本兵糟蹋过了!你要是不嫌弃,你……"

秋声话尚未落音,只感觉自己的脸陡然挨了钝重的一拳头,那拳头简直打得他颧骨都要错位了。

这一拳,打得他跌在沙发上,捂着脸,起都起不来。

苏凤又忙去照应秋声,却又被他恍恍惚惚推开来。她便跌坐在沙发旁,又忍不住落了泪。

杜德鸿实在看不下去,拉苏凤出门,问她:"你这又是何必?"

"杜先生,他终归是我男人。若是方才秋声的言语有开罪您的地方,我替他给您赔个不是。若是您还是不解气,要责令我们从这搬出去,我苏凤也无话可说。"

"说了不要再叫我杜先生!"德鸿有些恼了。

"不,杜先生,有些事,咱们终归还是得说个清楚,道个明白,以免日后发生不必要的误会,引起不必要的麻烦。秋声再不济,也是我男人。我也相信现在他这状态,也只是一时的。他心里苦,我懂。我也愿意陪他熬过去。杜先生,您是个好人,您对我们家的好,我全都记着,来日有机会,一定倾力报答您。只希望您日后行事注意君子的尺寸风度,莫要再让秋声误会就好,也当我求求先生了。至于刚才的事,您能不能原谅秋声。若是不能,我还是方才那句话,只要您一句话,我立马搬,绝不拖延您一天半日。"苏凤鼓足了勇气,这次没有躲杜德鸿的眼神,她盯着他的眼睛,说得异常明白坚决,嘴唇却不知何故地在抖。

杜德鸿望着她,心中是万千情绪巨浪滔天,是心疼,也是恨。

他陡然恨极了自己,恨自己次次面对她,都不知如何开言表达。他恨自己两年多前，次次去看她的戏，次次送百合，都唯唯诺诺不敢具名，而秋声方回国，就追了上去；他恨自己，在她告别演出时，为何不曾走进她的化妆间，与她表露心迹；他恨自己如今见她这样受苦，却无能为力……

他是真的恨，恨到咬牙切齿，恨到心绞痛，但他又不得不强忍着心中剧痛，颤颤巍巍唤她一声："梁太太，"不自觉又顿了很久，"你们不用搬，好生住着罢。以后我也会尽量避免与你谋面的。至于秋声的工作，明日待到他酒醒之后，我会派一名我身边的随从来接他去上班。至于去不去，全看他自己了。"

又是一阵停顿。

"那就这样了……再见，梁太太。"

杜德鸿说完，便下了楼去。

这次，他没有回头看。他告诫自己，千万不要回头看。

方一下楼，他便顺着洋楼墙壁蹲下身去，埋着头落起泪来。

这前后两声"梁太太"，他是有多艰难才叫出了口的，旁人怕是无从得知其中万分之一二的。小心翼翼爱一个人，到头来却是幻梦一场，这其中之苦痛，又有谁能懂。他悲不自已，都说男儿有泪不轻弹，可时下这眼泪揩之又有，揩之又有，连绵不绝似的，往外奔涌出来。他愤恨地捶起墙来，捶得两手血流不止，到没了力气才停下……

苏凤望着杜德鸿的背影消失在楼梯口，又在楼梯间里站了好一会子，心里不知是什么滋味，抹了一把脸，回了屋。

晚间，秋声酒醒。苏凤叫李妈炖了排骨汤，端到他跟前。秋声近两日未正经进食，时下是饿疯了。人是铁，饭是钢，他也顾不上置气不置气了，抱着汤碗就连吃带扒，不一会子一碗汤就见了底。李妈见他狼吞虎咽的模样，原本板着的脸嘴角不自觉勾起了一丝笑意，又去盛了一碗过来。

秋声一壁吃，苏凤一壁蹲到他跟前，好声好气与他说明日去银行上班的事情，秋声对早晨发生的事情大概记得个隐约，心中是自觉自己理亏的。嘴上硬是忍住没应苏凤，便也算是默许了下来。

喝完了汤，秋声又一个人走到了老父老母的坟前，上了几炷香，磕了几个头，又在坟头站了好一会子。天擦黑，身上带着长风才回来。回来便早早地睡了过去。

这一夜，他做了一席梦，梦见老父率领一众老少站定在梁府的门口，手持着火把，面容肃穆从容，似乎还略微带有笑意。他站了片刻，不出一言将火把往后一掷，整座梁府"轰"的一声便全燃了起来。火势之大，如巨龙窜天。而梁府老少，却皆一副木讷神情，没有丝毫惊讶，仿若这是理所当然之事。唯有秋声惊慌，忙上前去问老父，这是作甚。老父说，该过去的都过去了。秋声你要懂事，往前走，别回头……

其后火燃尽了，屋子没了，家人全都不在了，只剩下那句"往前走，别回头"一直萦绕在耳根子旁。

其后梦也跟着散了。这一梦散去，秋声再也别无他梦。

这一夜，他睡得是异常踏实。

翌日大早，苏凤为秋声备好了他在英国留洋时的一套西装，那便是苏凤在戏院里头次撞见他时穿的那套墨蓝西装。她细细地打点这衣服，又往西服口袋里装了好些银钱，留了张字条，说是头次工作，上下接应都要些钱的，望他工作顺意。将这些塞进去后，又将西服平整摊在床上，其后自个儿识趣地早早地便出了房门。

秋声一夜睡得踏实，这日也醒得早，起身也未犹豫便穿了苏凤为他备好的这西装，又细致地抹了油头，跟从前在英国、在梁府日日梳妆一样。他梳妆完毕，又在镜子前前前后后照了好一阵，抖擞抖擞了精神，出了房门。

一大早，苏凤便拜托李妈去市集上挑了最好的前腿肉回来，亲自下厨，算计了时辰，做了他最爱的瘦肉面食，热腾腾地放在桌上。其后，自己又刻意躲在厨房里忙活。

秋声方出房门，就只听见一阵咚咚咚上楼的声音，片刻敲门声便响了起来。是李妈应的门，开门就是一个尚未长开的小哥，毕恭毕敬问候了李妈，又自报了家门：您好，我是杜先生的小跟班得福，是来接秋声少爷去银行上班的。

秋声瞧了一眼这毛头小子，也算谦恭机灵。秋声没说什么，正要与他去。

登时，楼下又有汽车鸣笛，大抵是司机催促了。秋声扭过头，将下巴往外抬了抬，示意这小年轻，可以去了。

"吃点再去吧。"苏凤见状，忙从厨房钻出来，手边搓着围裙，边开口招呼他多少吃点。

"你吃吧。"秋声回头看了苏凤一眼,不冷不淡地说了声。

李妈又伺候着帮秋声拉了拉衬衣底子,他就噔噔噔下了楼去。待李妈回过头来,便见苏凤站在桌子旁,仓仓皇皇一阵眼热,眼泪瞬间就掉了下来——他终于理睬她了,哪怕只是三个字,不咸不淡的三个字。

李妈摇摇头,叹了口气,进了屋子,照看安生和月儿去了。

苏凤一壁哭,一壁才明白,原来爱一个人时,是可以受得了这个人天大的委屈,却受不了这个人一丝半点的恩惠的。

接下来的一整天,苏凤心情都很愉悦似的,一壁整理家务,一壁哼唱起了《西厢记》里红娘叫张生的轻快唱段。一整个上午,她将家里打点收拾得亮亮堂堂的。到了下午,她又拾掇拾掇了自己,抹了点胭脂,擦了点霜,安顿安生睡下,让李妈照看着小月儿,自个儿就去了集贸市场,左挑右拣买了好些秋声喜食的鱼肉瓜果,费尽了心思,只想为秋声做一餐好饭食。

三

这边厢,秋声随得福一道来了英租界的一家银行里,见了徐行长。徐行长生就一副菲律宾仆人模样,干瘦黝黑的脸上头是一水的抹得锃亮的油头,扁平的鼻子下却留着副异常滑稽的英国翘胡子,这鼻子上头,又挂着副金边圆形近视眼镜,口袋里揣着只金怀表,端坐在桌前看文件的手中还握着支金笔。

嚯,这是把全部家当都挂在身上了罢,银行家摆阔摆到面上了,只差嘴里嵌排金牙,脸上刻"老子有钱"四个字了。富不露富，才是真富。秋声对他的第一印象，是并不怎么好的。

徐行长见得福引人进来了，抬眼一瞧，道了声，来了。声音却是尖细的，跟个太监似的。说罢又低了头下去，忙活自己手中的账单文件。

得福将秋声引到徐行长桌前，客客气气地道："徐行长，这位是梁府的三公子，梁秋声少爷。我家先生托言，以后还麻烦您多多照顾了。我家先生还说了，您要是得空了，得到府上喝喝茶，叙叙旧。"

闻言，秋声心中有几分不情愿，但台面上还是热情应付的。毕竟有求于人，姿态不自觉也会低个三五分。秋声连道两声，徐行长好，又伸出手去要与徐行长握手。

应酬这些名流商贾，秋声从来是得心应手的。

可这徐行长却不冷不热，签了最后一笔字，落了笔，方才站起来，从办公桌里走将出来，看着得福道："杜先生那边，自然是会抽空过去的。你叫你家先生放心，不日我便会登门拜访。"又回身过来，望着秋声笑道："早有听闻，梁家三少，风流倜傥英俊模样，今日得见，果然名不虚传。"又拍了拍秋声的肩，伸出了手，这才与秋声握了一握。

"行长说笑了，不过一副臭皮囊，也不能管吃管住，日后还得靠您多帮衬着才是。"

"哟，没想到梁少爷的嘴还挺甜。梁少爷这可就有所不知了，这漂亮皮囊啊，可是顶管用的，只要你会用，何止可以管吃管住呢。"说着就又拍了拍梁秋声的肩头。

"您就别叫我少爷了，叫得我这心里虚得慌。想必您也听闻了家中变故，日后就真得麻烦您多照应了。"

得福见二人聊得甚欢，便开声告了辞。临出门前，又提醒了徐行长一次，得空去府上喝茶。

行长应了声，打发了得福，又回过头来笑说："照应谈不上，也多亏了德鸿，我才有机会认识你这样的俊俏公子哥。至于家族变故这事，都是命里注定的，你也奈何不得，努力东山再起就是了。"

"您说的是，您说的是。"陡然，往下又不知说些什么了。

这徐行长又盯着秋声看了好一会子，秋声被他盯得有些骨头发毛，忙干笑着打岔，问自己今天该干些什么。

徐行长这才笑着收起了自己的锐利眼神，唤了柜台的小马进来，吩咐道，你先带梁少爷去熟悉下业务流程。

秋声出门来，便随小马去了。

这小马一身黑色利落西装，一头齐腰的乌黑的长发简简单单地绑扎成一个马尾，露出光洁的额头，蹬一双黑色漆皮高跟，走起路来噔噔噔地敲得整座银行里直响。这模样倒真不像银行职员，却是像极了商客身边的女打手，抑或是赌桌上叱咤风云的叠码仔。

秋声被她强大的气场震住了，硬是一路没开声。她带着秋声走了一溜，简明扼要地介绍了银行的办公结构、业务流水、人员配备……最后安顿了秋声的座位，离开时，她陡然凑近秋声的耳旁，叫他当心点。

秋声听得一头雾水不甚明白，她让他当心点什么，正想问，她却已经施施然去了柜台前。

　　果不其然，秋声上班的这第一天就出了岔子。

　　午饭时间，秋声食毕午饭，便给得福挂了一通电话，先是感谢他今日接送一事，又说麻烦他，帮忙转告他家先生一声抱歉，昨日出言不逊，还望他家先生原谅。

　　得福轻轻笑了笑，道小事一桩，不足挂齿的。他帮他转告便是了。

　　挂了电话，秋声眉头云雾开，心下不禁觉得轻松便利不少。他陡然又想起昨日晨间之事，杜德鸿这样助他帮他，他却那样出言相伤，而杜德鸿依旧不计前嫌，继续费尽周折为他思前想后，如此想着，又觉得自己着实不该。

　　再一想前些时日，自己对待李妈的态度，言辞之中激烈凛凛，直逼人胸怀。这样想来，自己跟言辞刻薄的二哥倒真有几分一脉相承的臭德行了。

　　又一想娇妻苏凤，恍惚觉得这些时日自己亏欠了她似的，兴许她真的不曾被日本兵侵辱，那么这些日子以来的冷眼相待，是不是显得过分。于是，他决定相信苏凤，今晚回家去便与她握手言和重修旧好，好生地致一个歉。

　　他又如此想了一阵，一事通，百事通，心中魔障忽然消除，他陡然像是有了力量似的，为了给逝去的老父老母争口气，亦为自己争口气，他打算就此从头开始，体体面面地活下去。

　　过去的事，便已经过去了。

一如父亲托梦给他说的：向前看，别回头。

秋声越想，感觉身上越有劲，不自觉地脸上也溢出了两朵花似的浅笑。

正在这时，只听闻一阵脚步声向自己逼近过来。

——是徐行长。

"三少爷，你到我办公室来一趟。"

秋声不知所以，茫茫然跟着去了。

进得徐行长办公室，秋声杵在一旁，望着他，等徐行长开腔，心下莫名有些紧张。

徐行长点支南美雪茄，嗤嗤一笑，道："这半日，感觉怎样，还适应不适应？"说着就向沙发走去，"来，坐，别紧张，也没什么重要的事情，就是想找你胡聊两句。"

秋声落座在徐行长对面，大大方方一笑："挺好。银行业务并不难，无非是进账存款，借贷放息这些，此前我自家的盐厂账目也是我亲力亲为，所以也就没什么太大难度。"

"你能得心应手就好。"徐行长低头一笑，又抬起头来，发问，"听说尊夫人是曾经梨园行当里红极一时的角？"

"内子已是很久不曾登台唱戏了。"

"是吗？"

秋声被这一声"是吗"问得说不出话来，只涩涩一笑："鄙人不才，不懂徐行长言下之意。"

换作徐行长涩涩一笑，转言道："也没什么，说了不过是胡聊，你不用紧张。你和令夫人生活是否还愉悦？"徐行长问着不自觉地挑了挑眉。

"不知徐行长为何对鄙人的私生活这么感兴趣啊？"秋声不解。

闻言，徐行长便起身坐到了秋声的身边，左手执着雪茄，右手搭在秋声的肩头，玩味儿地看着他，开腔道："我只是好奇，你这样漂亮周正的男子，在床上会是什么样子。"说着，右手食指已经勾上了秋声的下巴，"现在想想都叫人兴奋呢。"

这语气，这动作，这神态，是再暧昧不过的了。

这挑拨姿态若是放在妓女窑姐身上，秋声是再理解不过的。可时下，却是一个五大三粗、烟熏火燎的男人在撩拨他，骇得他仿若一只受惊的虾，登时就从沙发上弹起来，浑身汗毛发憷，内心不由分说地涌起一阵恶心和愤怒。

他毫不犹豫地挥起了拳头，朝徐行长的脸上揍了下去。一拳还不解恨，接连又是几拳。他嘴中不自觉地跟着骂起来："变态，你这个变态玩意儿！"

徐行长被秋声的几记黑拳揍得满嘴的血，抹得油光发亮的头发，都被打散了形。雪茄烟掉落在地板上，寥寥地飘着青烟。徐行长瘫在沙发上，疯一般地笑，那笑声凄凄哀哀的，又尖又细，竟让人分不清那到底是笑，还是哭。

秋声不管不顾，朝他"呸"的一声吐了一口痰，便扬长而去。

他走出银行，走在英租界的大街上，这猛烈的艳阳，照得他有些恍惚，方才发生的事情是不是一场恶心至极的噩梦。

秋声飘飘忽忽地走着，又想了好一阵，想他从前念书时，就从稗官野史里阅览过从前战国的魏王、汉朝乃至明朝的好些皇帝都有龙阳之好，断袖之癖，每每撞到这些无法验证真伪的野史篇章时，自己都快速翻阅过去，秋声不懂这是种什么癖好，只觉得恶心，连看到那些字眼子都觉得恶心。他是无论如何都没有想到，这种事竟会被自己撞到的。他越想越觉得恶心，不自觉连吐了几口。

他又走了一阵，陡然想到就在早上，那小马提醒他当心点，原是指这件事情。如此说来，这公司的员工下属是都知道徐行长的这副德行操守的。那这杜德鸿会否亦是早已知晓了这徐行长是此等变态，而刻意安排他到这来受这番屈辱。

如此一想，秋声越想越觉得是杜德鸿从中作梗，他杜德鸿哪能这么好心，帮他安顿家庭居室，还不计前嫌安排他的工作，保他吃穿用度？

一定是他在捣鬼！

秋声愈想愈气，他一定要去找杜德鸿这个杂种问个清楚明白，一壁想着，一壁朝杜德鸿家去的脚步也变得急促起来。

秋声方到这杜德鸿洋楼的门口，就见杜德鸿正欲出门的模样。

杜德鸿见了秋声向他走来，一句：“你不是应该在上班吗？”还未问齐全，不由分说就挨了秋声送过来的一拳。

得福见状，立即将他扯开，怒斥道："你怎么像疯狗咬人？翻脸比翻书还快！半个时辰前，还是你挂电话来，与我家先生道歉，这下就提着拳头来问候了，你讲理不讲理？"

"杜德鸿，我问你，你是不是早就知道他徐行长不是什么正经东西，然后美其名曰将我送到他那，实则就是想看到我遭他侮辱，是不是？"

"你什么意思你！你这野狗怎么逮谁咬谁？你……"

"得福，休得无礼，听他说完。"

"你别在这给我装大尾巴狼！你以为老子不知道你心里打的什么如意算盘，你为了抢老子女人，真是机关算尽啊你！"秋声形如泼妇，瞪红了眼，指着杜德鸿的鼻子骂。

这一场骚动，引得街上的红男绿女、洋人日本兵都驻了足，都巴望着看出个首尾缘由来。

"秋声，你别激动。有什么事，咱们到屋里坐下来，喝口茶，好好说。没有什么事是说不清楚的。"杜德鸿心平气和地劝。

"到屋里说？怎么着，你怕丢人是不是？我告诉你，我现在已经家破人亡，也顾不上什么颜面不颜面了，老子不要脸，你的脸也别想要了。老子就是扒了你伪善的皮囊，给大伙儿道个清清白白干干净净，要大家伙儿看看你杜德鸿到底是个什么东西。"秋声见人越聚越多，也便越说越来劲。

杜德鸿这会子也怒了，冷笑一声，道："行，既然给你脸了，你甩手不要了。你要光天化日不收票钱摆台唱戏，我就锣鼓银镲跟你奉陪到底。我还真要看看你到底唱的是哪出。"

"好！老子问你，你是否喜欢老子的女人，那唱戏的戏子？"

"是！"一口一个板上钉钉，杜德鸿自个儿都没有想到自己有一天会这样斩钉截铁地表示对苏凤的喜欢。

"行！老子家道中落，你帮我助我，将我一家老少安顿在你的房子里，是否全因喜欢老子的女人？"

"是！"

"好！好极了！那老子问你，你可否有过夺妻之念？"

"有！"

"那老子问你，即使昨日老子醉酒，对你有所中伤，你却仍不计前嫌，为老子谋差事，将老子安排在徐昊天门下做事，你是否早就知晓他……知晓他……"秋声陡然讲不下去。

"知晓他如何？"杜德鸿逼问。

秋声把心一横，咬牙道："知晓他有断袖之癖龙阳之好，知晓他不近女色，只好男色。于是你所做的这一切，只是为了设计羞辱我，并想以此挑拨我和苏凤的夫妻关系，从而好趁虚而入是不是？"

围观的群众听闻此事，不由得炸开了锅，脸上都带着看好戏的笑意。人群中，有些不曾念书识字的粗民，甚至还在问近旁的人什么是龙阳之好断袖之癖，待到听闻一些知识分子的解释与卖弄之后，又都忍不住一阵恶心，忍不住一阵讥笑。

梁秋声见状，脸是一阵的羞红。

杜德鸿方听闻时，亦是一惊。他是确实不知徐行长有这等癖好的，他亦是真心实意想要帮他，或者毋宁说是帮苏凤的。但时下他管不上徐行长有无这断袖之癖，他在乎的是，他梁秋声居然诬陷自己是想离间他们夫妻关系。这黑锅，他是断然不背的。

杜德鸿赫然一声:"并不曾有!你休得无赖。梁秋声,我告诉你,你不要到处泼脏水。我对苏凤确实有动过念头,但是从未做出逾矩之事。她爱你,爱到让人心痛,却不曾想你是这副小人模样,生就一颗阴暗小人心,我真替苏凤感到不值,她是怎样看上了你这样的人。"

"呵,好一个正义凛然,好一个人模狗样的谦谦君子。呸!"

"你怎么说话呢?!"说着得福提着拳头便要上前去。

"得福!"杜德鸿一声怒吼,"别理他,走。"说着便翩翩然进了车。

秋声还在后面骂,人群盯着他,他回身对着人群又是一通乱吼乱叫:"看什么看……都给老子滚!"

这人群又是一阵指指点点,这才散去。

这人群一散去,陡然,秋声觉得空虚极了……他不知自己要往哪去了,他一壁游魂似的飘荡,一壁想该去向何方。

走出了英租界后,往右拐便是花街了,这花街中,最出名的也便是酒色二样了。秋声来到了一家以梅子酒闻名的酒家里,身手一探口袋,竟有好些银元钱票,于是想都没想便钻了进去,点了几盅酒,一个人喝至天昏。

结了酒钱,从店家里出来后,便仿佛进入了另一个世界,这花街中,灯笼接着灯笼,马车挤着汽车,人声鼎沸似盛大节日。这倚红偎翠的花花世界,他是有多久不曾来过了。

他跌跌撞撞地就钻进了一家红楼,被老鸨一引,口袋一掏，便进了闺房。

不多时，从门外进来一姑娘，他觉得甚是眼熟，奈何梅子酒醉了眼，脑子一片迷迷糊糊，天旋地转，硬是想不起这是谁的面目来。

姑娘见了他，也是一惊，痴痴地站在原地，唤他一声："三少爷，你……"

话未落地，秋声的醉意兽欲一并涌上来，那窑姐的唇就这么被他急不可耐的嘴巴给盖住了。

四

梁秋声正要欺身上来，却被燕儿一手推开了去。

这一推，梁秋声跟跟跄跄跌至床上，猛然的一阵眩晕，"哇"的一声，硬是没忍住，呕吐物铺了满床。梁秋声呕得掏心掏肺，额上的青筋暴如闪电，心肝都要吐出来似的，不住地呕。其情其景，燕儿陡然仿似看见了去乱葬冈寻豪生尸体的自己，也是这般呕，呕得昏天地暗，像是有人伸手揪着自己的胃使劲地往外挤似的，那难受劲她怕是一辈子都忘不掉的。

这梁秋声，今夜是她的恩客，此前是她的姐夫。这于情于理都该照应周全，燕儿趋步上前，一手捏着鼻子，一手抚他的背，像抚一只得病反刍的猫似的，温柔有加，心疼又无奈。

因难忍相思之苦，燕儿好些次都躲在梁府前后院逡巡踱步，只为看小月儿一眼。因此，燕儿是通晓这梁家遭日本兵侵占败落的消息的，亦是知晓他们现下在英租界的住处的。只是她不知近些时日确切发生了什么事，惹得他梁秋声这样醉酒糟蹋自己。

自燕儿一封离书打梁府出来后，两手空空，口腹难填，日子难以为继，她便找去了从前梨园行当里接触过的草台班子，说是自己会些歌舞戏曲什么的，想以此讨口饭吃。草台班主叫唱上一段，燕儿心一横，这《贵妃醉酒》前前后后听苏凤唱了不下百八十回，私下里也捡着咿咿呀呀学了些去，便黑着胆给戏台的老板唱了《贵妃醉酒》杨玉环登场后的半折。这方起声两句未落气，戏台的老板就笑着叫了停，打发她走。

燕儿又赖着脸皮横跨一步，夺了草台班主的去路，堆着笑道："这唱戏不成，打打下手，招呼招呼角也可以。招呼角，我可是擅长的，从前长丰戏院的冷冰冷老板你该是知道的罢，那可是当时天津城内无人可出其右的旦角啊，常年伴在她身旁的可就是我了。"

伸手不打笑脸人，戏台老板闻言，便也正儿八经答她："冷老板自是知道的。不过燕儿姑娘你怕也不是不知道，这半年多来，日本兵巧取豪夺占了天津城不少地方，虽说也不见什么大规模的刀枪火炮的，但谁都说不准，这仗哪天说打就打起来了。所以啊，这天津城早就不是什么安生地方了，该逃难的都逃难去了，这留下来的啊不过是些乡绅土豪和流民。这流民吃都吃不饱，哪还来的钱串子听戏呢。而那些乡绅土豪也怕死，成日窝在家里，也没多少人敢出来看个戏听个曲什么的了。像我们这不成气候的草台班子，不知道都倒了多少了，我们这个班子怕是也撑不了多少时日了，也就别谈什么角不角的了，也就更别谈什么角的跑堂侍应了。话说回来，你不是从前跟着冷老板，照理说，你该和长丰戏院的林老板更为熟识些啊，林老板向来厚道顾情面，况且他们戏院这一年多来，不是又出了个红角许梅仙么，你怎么不到他那找饭吃，反倒在我这草台班子来讨活计了？"

一气听完，燕儿心想这草台班子着实是泥菩萨过江的玩意儿，也就灭了继续求下去的打算了，一壁笑了笑，也未答他，便道了告辞委身出来了。

至于她为何不去长丰戏院找林老板，其实她也是有自个儿的顾虑的，一则这长丰戏院着实是有名气，但树大招风的道理谁都懂，这日本军进城了，高官富商们搞个什么宴会，需要些娱乐表演的，那长丰戏院还不得首当其冲，所以这也不是个什么安全地；二则，她自己是真的想看看自己个儿到底能否凭借自己的能耐活下去，她不想一辈子活在苏凤的阴影下，即使她好心地收留了自己的月儿，她也不想这点尊严也不要了。所以，打她从梁府一出来，她就打消了去长丰戏院找林老板的念头。

听完那草台班主的话，她心知这去戏院讨生计这事，便是没了去路了。

于是，燕儿拣了只破碗，又在街上乞讨了两日，结果刚讨要到的馒头，就被周身的乞丐抢了去，还被毒打了一顿，问她哪个山头的。燕儿哭笑不得，她不知这行乞居然也分了山头。

翌日，她实在饿得难受，一刀切在了心房上，把心一横，在河边将自己拾掇了又拾掇，便投身到了这家妓院里，直至如今这副模样。

燕儿抚了秋声的背,至他平息下来后,又去端茶给他漱口。

秋声吐罢,就这一碗水漱了口,一转身便躺进了自己的呕吐物里,仰面朝天,仿佛劫后余生似的,闭着眼喘着粗气。

燕儿实在看不下去,放了碗,招呼了妓院里跑堂的伙计抱来新的床单被褥。然后吃力地将他挪到床下,换上了床单被褥,又扒了他的衣物,扔在一旁,回身又将他驮起来,扔回床上。这一扔,力气一带,燕儿便躺在了赤身裸体的秋声的怀里。

好死不死,这时候,苏凤推了门进来。

苏凤嘴里的一声"秋声"硬是没喊齐全,便撞见了燕儿的脸,她便直直地愣住了。

燕儿闻见撞门声回过头来,看见了阿姊,亦是愣住了。

此情此景,苏凤脑子里瞬间就想起了在嫁给秋声之前,梁老太太辞世的那个晚上,自己做的乱七八糟的梦里,似乎就有眼前这一桩。

那时,她梦见的便是燕儿和梁秋声在床上抚摸亲热,她就在房内,但无论如何她就是近身不得,亦发不出声音,整个人如被摁进了水池子里,无力得紧。

可现下,这毕竟不是梦。苏凤缓了缓神之后,静静地趋身前来……

"阿姊,阿姊,你别误会……姐夫他……"

不由得她说完,苏凤径直上来对着燕儿左右脸就是价天响的两巴掌，然后没有落下任何言语，亦没有落泪，转身便出了门去。

苏凤一路憋着一口气，径直奔回了家，奔回家后便将小月儿从床上捞起来，扬起手来，顿在半空中抖了半天，硬是没下去手。她的手渐渐放下来时，眼泪就止不住地流下来，接着就是一阵接着一阵的号啕。

小月儿睡得憷憷懂懂，被捞起来后也是一脸的惺忪，这苏凤的哭声一炸响，她的眼睛陡然就瞪得月大，期期艾艾地吐着她尚不完整的词句问：“姨娘……姨娘，你怎么了？”

苏凤一壁哭，一壁渐渐收了声，只愤恨地望着她，不说话，心里是百感交集到了顶点。

听闻苏凤的哭声，李妈也迅速地穿衣起了床来，进了门一见苏凤的形容，自己吓了一跳。李妈是知道这三少奶奶的秉性的，自从嫁入梁府后事事忍让，所遇之事都处理得尽量圆滑完满。即使日本兵进府，梁府的主子离世，她都没有多么大惊失色过，更何谈失声痛哭？李妈只见过一次苏凤哭得几乎脱了人形，便是在听闻杜鹃惨死的午后，她一直从午后哭到黄昏，哭泪了便睡，睡醒了不一会就又哭了，那是李妈唯一一次见苏凤真的难过。

而这次，李妈是真不知道三少奶奶为什么会哭成这般模样，但她知道，这一定跟半个时辰前的那通叫苏凤出门去的电话少不了干系，自然也跟秋声少不了干系，现下能伤她至此境地的，也只有秋声和安生两个了。

李妈心疼她，立刻近身去牵着她的手，抚她的背。方握住苏凤的手，李妈便觉到了一阵粗糙，这哪儿还是从前十指不沾阳春水，肤滑润嫩的手啊！

如此，李妈愈发心疼起她来，劝慰她："少奶奶，没事的，没事的。"

李妈是真的贴心，她是知道女人伤心难过时，是问不得的，越问越伤心，越说越难过，只消抚她，劝慰她便好。

待到苏凤安定下来，只见她"腾"的一下起身来，然后抱着月儿就要出门去。

李妈追到门口，焦急地问："少奶奶，你这是干甚？"李妈欲要追出去时，正好安生又哭了起来，无奈又转身进了房。

"姨娘，你这是带月儿去哪啊？"小月儿嗤嗤地问。

苏凤不答她，越往前走，夜色越浓，她的脸色也越来越沉……

小月儿还在一直问："姨娘，你这是要带月儿去哪啊？"

苏凤原定是将小月儿丢到妓院里，任燕儿处置的。可走至半路，到了安定拱桥，心却陡然软了下来，站在桥上半晌不知去哪。

在桥上，小月儿还是在问：姨娘，姨娘，你这是带月儿来这桥上干吗啊？

苏凤鼻头一酸，别过脸去，一壁哄月儿："姨娘只是带你出来散散步，你瞧这桥跟月牙儿似的，多漂亮啊。"

——多像你，优美坚固不可摧。

月儿便笑了，笑得天真，乐不可支。

苏凤抱着月儿在桥上站了片余，心下凄哀如水，内心兜兜转转了几百个来回，终究是于心不忍。遂不多时，还是抱着月儿回了英租界的屋子里。

回到屋子，苏凤让李妈安顿了两个孩子入睡后，独自坐在沙发上枯坐了一夜。

翌日清晨，她又将昨晚为秋声准备的好饭好菜热了一道，坐在沙发上等秋声回来。

秋声酒醒后，已是晌午。

苏凤热完饭菜，就坐在沙发上胡想，想了一阵，实在熬不住又睡了一觉，醒来时，秋声已经坐在沙发上了，低着头，用手撑着额头，似是宿醉未消，头疼得厉害。

"秋声，工作还顺意吗？"苏凤笑问他。

她原是没打算质问他昨夜的去向的，她是真心实意想知晓他的工作状况的。昨日之事，权当自己不曾照见罢。

"嗯？"秋声浑浑噩噩调转过头来，过了一会子才明白她的问话，陡然又暴躁起来，"别跟老子提工作！都是你那杜德鸿介绍的好事！"说着又瞪了苏凤一眼，骂了一句，"贱东西。"起身便进了房。关门声大过天。

苏凤这才想起，昨夜得福挂电话过来，说秋声工作不顺意，独自醉酒后又去了青楼寻欢。苏凤又忙问，怎么会不顺意？得福支支吾吾半天，硬是没答，又数落了秋声不知好歹，还当众损他家先生面子，气哼哼地说，你自个儿去问他罢，便挂了电话。

临挂电话前，苏凤似乎听到了电话那头杜德鸿的斥骂：怎么说话呢？

苏凤一头雾水，也不由得多想，一门心思奔着青楼去了，结果却撞见了燕儿那臭不要脸的。她是断没想到燕儿会如此自甘堕落的，更气她竟然恬不知耻睡了自己的男人，她的姐夫！

——贱货！跟她娘一样的贱货！

一想至此，苏凤心里又好不痛快起来，又悄然落了泪。

她不知生活为何会落入这般田地，究竟是何处出了错，她不懂，她是真不懂。

秋声睡到午后，方见黄昏，起了床，李妈做好了饭菜。他刚上桌吃了两口饭，苏凤忍不住又诺诺连声："秋声，咱这家里的钱银也不多了，日子往后走，全家老小该饿着了，你有什么打算没？"

秋声闻言，停住了筷头，低头抬眼瞪着苏凤。那眼白射出森森的寒光。

但这次苏凤没有躲他，径直望着他。

贫贱夫妻百事哀，这日子越往后走，只会越难。她是要他一个答案和决心的。

登时，秋声一拍筷子，顺势起身将饭桌掀了个底朝天。碗筷玻璃砸了满地，声音价天响。两个孩子瞬时哭成一片。

秋声翻了桌子，就进门掏苏凤的银钱袋子，拿了钱，便出了门去。

又是一阵通天响的关门声。

孩子们的哭声越发大了，李妈又是一通瞻前顾后忙里忙外的。苏凤愣在原地，连哭的心情都不再有。

李妈哄好了孩子，又要来收拾满地的残羹冷炙，玻璃碎瓦，苏凤扶着李妈的胳膊道："李妈，别收拾了。"

李妈顿了顿，还是蹲下了身子要去捡拾。

陡然，苏凤一声暴喝："叫你别收拾了！"

李妈这才怯怯地收了手，怔怔地站了片刻，然后委屈地回了房。

苏凤在客厅里上枯站了片刻，不知为何又转念想到了当初自己还在唱戏时，日日有人送百合来，最终得见他，便陷进了他的浪漫温柔。她又想到了过往从前的滴滴点点，他们一起游过的街，拜过的庙，照过的相，说过的情话……陡然心又软了下来。于是又蹲着身子开始收拾起家里这一地的破碎。

闻声，李妈也出来了，跟着苏凤一块收拾。收拾完，苏凤又握着李妈的手，道了一声谢，又道了声抱歉，李妈什么都没说，拍了拍苏凤的背，便进了房。

苏凤也便回了房。她真的觉得累，但是躺上床，她不禁又思前想后，想这往后的日子该如何过，想得无论如何还是睡不着。

待到秋声将自己灌得没有人形，打酒馆里回来时，已近子时。苏凤闻声起了床。

秋声摇摇晃晃进得门来，一脸痴傻模样，笑问苏凤："凤儿，你还没睡啊？"

这声"凤儿"又是多久未曾听见过了？苏凤顿时湿了眼眶，以至她都不太敢应声："还，还，还没呢。"

秋声又跌坐在凳子上拉着苏凤的手，问："爹娘都睡了没？"

闻言，苏凤愣住了，后又仿佛顿悟过来似的，支支吾吾地答："爹……爹娘……都睡了……都睡了。"

说着秋声就又起身一路奔到老爷老太太的房里，苏凤拉都拉不住。秋声一开门，只见房里幽幽地摆着的是二老和友信的遗像，燃着香炉还袅袅地飘着烟。

他对着遗像看了片刻，陡然腿根子不禁一软，整个人便顺着门框滑了下来，他跌坐在地上，嘴角不禁又傻笑起来，嘴里一直念："没了，真没了，全都没了……"

苏凤泣声上前去抱他："秋声，你还有我啊！你还有安生啊！"

"你？你这被日本兵玷污的戏子！你这丧门星！自打你嫁进我梁家，我梁家就没安生过！你就是个丧门星！"

梁秋声一把将苏凤推开，撞到了茶几上，茶几不吃重，哗啦啦地碎裂开来，碎玻璃又铺了一地。

苏凤吃痛地扶着腰，手上扎满了碎玻璃，奋力哭叫："我没有！我没有被日本兵玷污！"

秋声不搭理她，竟自从腰间抽出皮带来，不停地抽苏凤，抽得她桌子椅子地下钻，嘴里还碎碎念："臭婊子，丧门星，抽死你这臭婊子！"

苏凤惊声尖叫，只顾着说："我没有，我没有……"她一壁哭叫，一壁连躲带藏，还是挨了不少皮带。等梁秋声打累了，回房倒头呼呼大睡。李妈这才怯生生地出来，陪苏凤又坐在地上哭了一气，哭累了，二人又起来收拾七零八碎的客厅，边扫边掉泪。清理完客厅，她又战战兢兢到卧房帮梁秋声脱衣脱鞋掩被，怕他着了凉。

至此，她还是无怨无悔爱他的。

翌日，秋声照常出去喝酒，喝得不省人事，回来又借着酒劲抽苏凤。苏凤还是躲，也跪地哀求，说："秋声，长夜有尽，再苦的日子熬一熬也就过去了。秋声。"

她叫他叫得那样真切。可喝醉的人哪听得懂什么道理不道理，梁秋声不为所动，仍旧奋力地抽她，抽累了就又回房倒头就睡……

苏凤坐在地上，无望地想在梁老太太仙逝的头天晚上，她还尚未嫁给秋声，她便梦见了秋声抽出皮带在天井里抽她。

这怎么就和梦里梦到的如出一辙了呢？这会不会也是个梦？人活着会不会就是一场梦，一场大梦？如果这一切都是场梦，她只想快些醒来。

苏凤就这么一壁胡思乱想着，一壁在客厅里睡着了。

这一夜，她又梦见了阿母。她又梦见了自己上十岁年纪，阿母带她在集市里瞧新鲜，撞见一个半瞎不瞎的老头，花白胡子上挂着一脸洞穿天机的似笑非笑。阿母鬼使神差地拉着她坐下，请先生算一卦。那仙风道骨的老头拿出一筒竹签，叫她抽。

她抽罢，阿母忙递过去，关切地问，老先生，我这丫头命怎么样？

老头废了好大劲翻着眼瞧了瞧，道："命硬，长命百岁。"

阿母眉心便舒展下来。

老头又说，别急，但小姐命途多舛，情路不顺，晚景凄凉。

阿母便碎碎骂，丢了几只铜板气哄哄抱着她走掉，一壁走还一壁安慰苏凤说："我家凤儿长命百岁，福泽深厚，以后一定会嫁个好人家，儿孙满堂……那算命老头净会胡诌，那是个净会骗钱的破烂玩意儿。"

梦里，阿母不住地哄她，说去前边给她买糖葫芦吃，让她别乱跑。结果阿母一去不回，她傻傻地站在原地，等到集市散了，天都黑了，却还是不见阿母回。年幼的她，哭得撕心裂肺，满街地窜，喊着娘，可就是没有人应……

陡然，一声炸响的啼哭将苏凤从旧梦中拉将回来。她惊醒，抹了抹眼角的残泪，又忙去照看安生，给他换了尿布片，又一壁给他喂奶，一壁摇着他哼摇篮曲，他才安生下来。

苏凤抱着已经睡下的孩子，脑子里又陡然回旋起那算命老头的话。

——命途多舛，情路不顺，晚景凄凉。

这十二个字反反复复地在她脑子里打转，搅得她彻夜不得安眠。

五

　　往后的接连几日，秋声照样酗酒，照样喝完酒就拿皮带抽苏凤，他一抽苏凤，小月儿和安生就开始哭，他便连小月儿一起抽，嘴里还骂："哪来的小野种！哭什么哭？！"

　　苏凤见他连孩子都打，再不可忍，弹起身来就甩了他两个大耳刮子。秋声怒不可遏，打得更凶了，家里便又是一片热闹的惨叫……

　　邻居不堪其扰，将这事打电话投诉到了杜德鸿那边。

　　这一夜杜德鸿抱着一束百合赶过来——他到底是舍不得的，他到底是舍不得不来见她的。杜德鸿揣着沉甸甸的心情敲了门，苏凤抱着孩子来开门。秋声喝酒没有回来。

　　"杜先生，您怎么来了？"苏凤不无惊讶。

　　杜德鸿不说话，兀自走进客厅，将百合插进花瓶中。回身看了看苏凤，又上下打量地看了看房间。

　　苏凤抱着孩子，看着那束新鲜百合，想着这是有多长时间不曾收过这百合花了。

　　"秋声打你了？"

　　苏凤抱着孩子，不作声。

　　"这个畜生！真的算我看走眼了他。"

　　苏凤仍旧不作声。

　　"你打算就这么活下去？"

　　"不这么活，还能怎么活？"

　　"跟我走。"

"去哪?"

"跟我过。去哪都好。"

苏凤望着杜德鸿,冷冷地笑了一笑。

"我有孩子。"

"我不介意。"

"我对他有余情。"

"你要等他将你的这点余情榨干,将你抽得体无完肤才肯走?"

苏凤不作声。

"我爱他。"

"你也会爱我。"

"我的心就那么大,容不下别人。"

"他的心呢?"

苏凤又不作声了。

杜德鸿深深地吸一口气,他告诫自己,要拿出那日当街答秋声问的勇气来,将他心底的万千情愫,和盘托出。

他顿了顿,炙热地望着她,道:"苏凤,我这么跟你说吧,早在你还是冷冰的时候,我就常去戏院里看你的戏。我一直暗暗地喜欢你,只是不知该如何向你表达。左右打听,知道你喜欢百合,就每日派花童给你送百合去。不想秋声刚回国,你们俩竟发展那样迅速,我也就不再向你送花了。后来在你们的婚宴上,看你们一对神仙璧人,我也就再不曾对你动过念头。如今,你过得这样不好,为什么就不愿成全我,也成全你自己呢?"

苏凤大惊,原来那些逢唱必有花,逢花必是百合的幕后君子,并非秋声!这怎可能?这怎可能?!

苏凤陡然觉得喉咙干涩,瞪大了瞳孔看着他,仍旧是一副不可置信的模样。

她愣愣地看着杜德鸿,杜德鸿的眼神依旧火热,她不敢看而避开了,不知作何言语。

苏凤低头沉吟片刻,觉得一切都错了,一开始就错了。她不敢想如果,不敢有假设——只因人这一生里什么都有,就是没有如果。

苏凤努力让自己镇定下来,清清喉咙,道:"杜先生,你莫再说什么成全不成全。我不过一介落魄戏子,不值得先生如此垂怜。"

"凤儿……"杜德鸿欲言又止。

这又一声"凤儿"。

这声"凤儿"于他——是在心底默默叫唤了多少遍的名字。

这声"凤儿"于她——又是多么真心想要托付给一个人终生的昵称。

苏凤心里乱极了,茫然地不敢看杜德鸿,嘴上不禁开始下逐客令:"杜先生,您这份深情厚谊,小女子消受不起,请回吧,待到秋声回来,他又该误会了。"

杜德鸿又盯着苏凤看了片刻,竟自从西装口袋里取出一支钢笔来,然后在桌上寻了张手绢,哗哗地写下一串数字,拿给苏凤:"凤儿,你想通了就打我电话,我等你。"

杜德鸿将手绢伸在半空中,苏凤不敢接,他便将它放在了桌子上,转身带上门就出去了。

杜德鸿一走,苏凤的心还在一直跳。她仿佛经历了一场空前的浩劫,劫后余生,心里激荡个不停。

这一切,她真的来不及承受,她不知如何承受……

一直给她送花的人竟是他,不是秋声!

杜德鸿走了没多久,苏凤抱着安生坐在凳子上,茫茫然出神,心里一直都在回响"打一开始送花的人就是他,不是秋声"。

如此想着想着,梁秋声又是喝得一身酩酊大醉跌跌撞撞地回来,他在门外"咚咚咚"地捶门。

苏凤抱着孩子去开门。

门刚一打开,梁秋声便醉醺醺地扑上来。苏凤定睛看了看眼前的这个男人,脑子中还在回响,"不是他,不是他",陡然苏凤气不打一处来,一把推开他,她自己也不知哪来的胆,两巴掌说扇就扇。

"梁秋声,你醒醒!生死有命,富贵在天,街上那些叫花子、码头上的搬运工哪一个不比你命苦,也没见他们整天没日没夜地哭天抢地要死要活,男人倒什么不能倒志气,秋声你像个男人行不行?"

梁秋声被两巴掌扇醒了,"腾"的一下就从地上站起来,反手捏着苏凤的下巴,左右就是几巴掌连抽。他从小到大还没挨过女人巴掌!

"你个臭不要脸的,被日本兵玷污了,还有脸活着?你敢跟老子动手?还骂老子不像男人,我看你是不想活了吧。"

又是响亮的一巴掌扇过来。

这一巴掌将苏凤扇得跌在墙角，怀里孩子的头一声闷响，撞到了墙上。李妈领着小月儿缩在自己的房间里，吓得不敢出声。这几天的痛打下来，小月儿渐渐学会了噤声。噤声代表安全。

"我没有！我没有！我都说了我没有！"苏凤跌坐在墙角，一手抱着孩子，一手捂着脸。

"你没有？谁信？都说婊子无情，戏子无义，你一个唱戏的戏子，为了活命什么做不出来？"

苏凤气急，她把孩子安顿在一旁，起身与梁秋声搏斗。

掐咬吐骂，拳脚相加，你来我往，好不精彩。能砸的绝不放过，花瓶相框茶杯碎了一地，花瓶里的百合也跟着遭了殃。

邻居敲门前来劝架，梁秋声一声暴喝，"吃饱了没事干，滚！"硬是给邻居那个中英混血的少妇给喝退了。

喝退了，继续打。打得苏凤躺在地上起不来后，梁秋声才幽幽地走回了房，在房门口，他还格外恶心地朝门外吐了一口唾沫。关门声亦是幽幽的。

苏凤躺在地上，连哭的力气都没了。她听着那幽幽的关门声，看着地上碎了一地的百合花瓣，她陡然觉得这些花瓣像是自己散落一地的爱情，又像是撒给自己的灵钱。她想着，就这么死了也好。

但算命的老先生说她命硬，她的一生还很长。她不会就这么死去的。

真正在这场无妄的战争中死去的，是她和梁秋声的儿子，梁安生。

当苏凤忍痛起来，抱起自己的孩子时，他后脑上的血浸满了苏凤的手。他那小小脑袋被撞得凹陷进去，后脑上扎了好多细细碎碎的玻璃渣滓，一声不吭地躺在苏凤的怀里……

　　小月儿见战争结束了，幽幽地拉开房门，从房门里露出一只小脑袋来，盯着满身是血、头发散乱的姨妈看，她看到姨妈仿佛在笑，很轻很轻地笑。

　　那笑容可怕极了，像猫，又像鬼。

第六章

一

民国二十三年,夏。

这年的夏,显得格外的阴冷。天津城里依旧车水马龙,卖花的、卖艺的、卖包子豆浆炒货的、卖身的、卖小孩的、武行的、讨饭的、巡逻的、赌博的、嫖娼的……各自守着各自的一亩三分地,各自照管着各自正当的不正当的营生,芸芸众生照常日出而作日落而息,照常打打闹闹生生死死。

自清朝末期始,时至如今,天津城里的租界已经多得不像话了,一个个鳞次栉比犬牙交互地横在天津城的腹地里,虎视眈眈望着北平,望着全中国。各个租界里的达官贵客,鬼佬洋人照样夜夜歌舞升平,通宵达旦。

梁府的没落,在街头巷尾里传了好一阵之后,也都渐渐地悄无了声息。日军侵占了梁府,将它并进了日租界,用作了租界的日军办事处。

在这年暑夏,梁府一家老小奴仆,散的散,死的死,疯的疯,不知去向的不知去向,连仅仅出生两月有余的幼孙梁安生也夭折去了。

梁安生夭折的这晚,苏凤抱着自己的儿,将他捂在胸口,一直坐到了辰时,李妈出来劝了又劝,苏凤依旧不为所动,就两眼放空地坐在那,两手紧紧地搂着安生。李妈陪着苏凤陪了好一阵,后实在熬不住,深深地叹了口气,道了声"罪孽"——那口气像极了已故的梁夫人。李妈见苦劝无用,便领着月儿回房睡去了。

苏凤仍旧紧紧抱着安生坐在玻璃碴子里,坐得身子都冻僵冻凉了,抱着安生的两只手都勒得一阵惨白了,她的儿,身子还是不见转热。

她就这么坐了一夜。

盛夏的太阳起得早,照得也亮,晨曦的光从亮白的窗子里透进来,打在孩子身上,像是给孩子披了件金色的毛绒毯,又像是来接孩子的一道圣光。

苏凤抱着她的儿,缓缓地飘进了梁秋声的房间,将他轻轻地放在他爹的身旁,将他凹陷下去的后脑勺对着梁秋声的正脸,然后转身出来,用凉水冲了个澡,换了身大红如意旗袍,她在镜子前仔细地将自己拾掇一番,身上一片青,一片红,脸亦是肿的,两眼凹陷下去,眼圈周边是硬生生地黑了下去,黑如囚徒,暗似鬼魅。

我何曾有这般伤心落魄过?她问自己。

她自己也不知道答案。

苏凤带着自己身上的最后一点银钱出了门去。出了租界,往梁家的老宅子前路过,再往前拐一个弯,便是卖丧葬物品的老店了。老店门口开了一溜橙红的炮仗花,那花拥红堆绿,开得是好一个恬不知耻。

苏凤对那花视而不见,幽幽然进了店,店老板也是一副要死不活的模样,手肘撑在店台上阅着他的报,也不招待来客,任由挑拣。苏凤两眼一放,挑了个看起来最为精贵的小实木棺椁,也不说话,直接将身上所有的钱都搁下了,抱着那棺椁就游魂似的往外走。店老板扫了扫留下的钱银,又扫了苏凤一眼,也没说话,任由她去。

出门来,拐一个弯,就又经过了梁府的老宅子。

这前前后后两次经过这梁府宅门,苏凤是一眼都没有瞧这宅院的。

——这世上,已没有她可以多瞧一眼的物事了。

——真没有了。

二

这边厢,梁秋声迷迷瞪瞪睁眼醒来,醒来赫然进入眼帘的便是儿子撞得凹陷下去的、扎满了玻璃碴子的后脑勺,他骇得惊叫一声,从床上跌了下去。

从床上跌下来后，又不可置信地看了好一阵那头颅、那身板。其后这才颤颤巍巍地伸出手去探小儿的身子，将他拨过身来。这一扒过来，又深深骇了他一个心惊肉跳。只见他的儿，瞪着双眼望着他，仿佛要望穿他的灵魂，望穿他苍白无力的生命一般，直教人心里发寒。那白皙粉嫩的小脸上，睁着的是一双天真的没有生命的眼睛，空洞洞的，黑黢黢的，像两口井，又像诅咒。

梁秋声与他的儿对视了好一会子，陡然一声暴喝，惊声鬼叫地冲上前去便将被单掀起，一把将安生的尸体掀到了地上，随后发疯一般地冲出了屋子。

月儿听见了动静，从隔壁屋进来，捡着安生的手，唤他：安生，安生，你怎么了？

问完又去揉他的脸，反复不停地问。

不多时，李妈上完厕所也出来了，一见这番情景也骇了一跳，嘴里一边不停地念着："罪孽，罪孽，真是罪孽啊……"一边忙将月儿拉开，又将安生抱上床，抹上了他的眼睛。

小月儿站在一旁揪着李妈的袖子问："李妈，李妈，安生这是怎么了？"

"月儿乖，安生弟弟这是睡了，睡觉了，你不要打扰他好不好？"

"好！"月儿使劲地点了点头。

说着，李妈就带着小月儿出了房门。

待到苏凤像鬼一样地飘回来后，径直钻进了房门，又将房门反锁上了。她抱着安生,好好地睡了一觉,醒来时,终于忍不住,猛然哭了出来,她哭得上气不接下气。李妈敲了好几次门,说节哀,说还年轻,以后有的是机会,又叫苏凤将门打开。

苏凤不应,就坐在里面哭,一直号啕。

月儿又问李妈:"为什么姨娘哭得这么大声?"

李妈答她:"因为姨娘伤心了。"

月儿又问:"什么是伤心啊?"

李妈便不知如何答她了,只说:"姨娘现在很苦,所以小月儿更要听话。"

"嗯!"小月儿又使劲地点了点头。

苏凤不吃不喝抱着安生睡了近两天,她将安生送入棺椁里抱出来时,已又是一个黄昏。苏凤出来时,整个人已经瘦脱了形,浑浑噩噩的,几乎站都站不稳。

李妈见她出来,一副摇摇欲坠模样,忙扶她坐下,将做好的粥,端到她跟前,苏凤摇头。李妈无奈,跪在她面前,泣声求她千万珍惜自己,留得青山在不怕没柴烧,日子还长着。苏凤依旧不为所动,李妈又拉来小月儿一道跪下,让小月儿也求她进食。小月儿也听话,"扑通"掷地有声地跪下来,唤道:"姨娘吃饭。姨娘吃饭。"

李妈又将食物喂到苏凤嘴边,苏凤这才勉强吃上两口。

好不容易,一碗粥下了肚。苏凤喘匀了气,便又抱着安生的棺椁,出了门。李妈牵着月儿一道儿跟了出去。

沿路走到了梁家的祖坟上，天色浆红，太阳就要下山了。

一月有余不曾来这梁家祖坟，祖坟上头周边的草，又急忙忙蹿了上来。苏凤在二哥梁友信的坟旁挑拣了一块干净地，将安生的棺椁放在一旁，便开始徒手挖土刨坑。李妈见状，又忙去周边找锐利石头块，待她回过身来时，小月儿也趴在地上跟着一声不吭地刨起土来。

待她们仨人满头黑汗地将坑刨好，天上已能见着一轮晓月，弯弯细细地挂在西边的山头上。

苏凤将安生的棺椁小心翼翼地埋下去，洒了一抔土，眼泪就又跟着下来，其后就又是止不住地号啕："我的儿啊，我的儿……"

李妈亦落了泪。唯有小月儿瘫坐在地上，伸着一双粉嫩的满是泥土的小手，瞪圆了眼睛不知其故地望着她俩哭。

哭了不知有多久。

苏凤一鼓作气将土都推进了坑里，然后猛地一下站起来，便发疯似的开始往山下跑。

李妈抱着小月儿，一走三喘气，嘴里还叫唤着："少奶奶，您慢点，当心摔着！"

小月儿也在叫："姨娘，姨娘……"

声音悦耳清脆，响彻了山头，点亮了残星……

苏凤一气跑回了家，便开始收拾行装，其后又仔仔细细洗了澡，捡了件干净素黑的旗袍给换上，头上别一朵白惨惨的纸花，那是为她儿戴的。她才顾不上什么儿未婚，不入祖坟，新儿夭折不办丧不守灵的破规矩。

她就那么守在灵前,哭一阵笑一阵,后来她实在累极,迷迷糊糊睡了过去。睡梦里,她梦见了师父那寡瘦的身影,站在戏台上,一张包公的黑白大花脸,吭吭哧哧地训诫苏凤,一日为戏子,就莫要在凡人身上动了真感情。戏子就是戏子,戏子只有戏,感情也只能给戏,给了旁的,那一生就没戏了。他还说,戏子命贱,不配有感情,这就是戏子的命!

那是黄师父初初发现苏凤隐约对大师兄动情后,撂下的话——她记了好些年,硬是没敢忘。

彼时,苏凤因唱《贵妃醉酒》已是天津梨园行当里小有名气的花旦,师父为了让苏凤专心学艺,断断然斩了苏凤的情丝。苏凤亦听话,将这心底的情愫藏了又藏,只是还是忍不住夜夜偷偷唱《思凡》。师父听出了苏凤这唱折里飘忽不定的念想,硬是做绝了,彻底断了苏凤的情窦。师父假借大师兄无戏子情缘之由,将大师兄赶将出去。大师兄含恨而去,苏凤亦咬牙,废寝忘食,日日练功练得昏天暗地。

此后,师父又给苏凤改了"冷冰"的艺名。

这"冷冰"二字一出,苏凤的名头更响。而投向苏凤的秋波、花篮、情信……从此未有间断。苏凤一直谨记师父的话,未曾动过一丝一毫杂念,全身心扑在了戏本戏台上,直至师父因病离世后的两年,遇到秋声。

可不曾想,遇到秋声竟是个错,打一开始,就是个错。

她也想过,从此往后,孤单单的一个人,莫要再在凡人身上动情——可她又不甘心。她觉得不甘心时,杜德鸿那炙热的目光、灼耳的告白又全数闯进耳目心间。

打一开始，就是他。

就是他，杜德鸿。

这飘飘摇摇的小三年，原都是不该发生的。

这枕边人，原本就该是他杜德鸿。

苏凤醒来之后，一咬牙，开始对着镜子给自己上妆，粉扑描眉口红，样样描得细致。这一切做罢，她便挺起了头颅，施施然来到了电话机跟前，不假思索便拨通了杜德鸿的电话。

苏凤是真想通了，要远离这伤心地的，安生一死，她对秋声心底残留的最后一丝希望也便彻底破灭去了。她抱着安生的尸体睡去的那个晚上，她悲了一夜，也想了一夜。她最终下了决心要给杜德鸿一个机会，也给自己一个机会。

她要奔着她命中注定的正确里去！

三

可就在苏凤要打电话时，媚景却忙不迭地、无头苍蝇似地闯了进来。一进来，贸贸然向苏凤招呼了一声三少奶奶好，便径直问，如美在哪？

电话尚未接通，于是苏凤放下电话，道："如美一个多月前便不知去向了。"

这声音是哑的，是涩的。这是好长时日不曾开口说话的缘故，亦是哭的。

媚景一脸的茫然，辛辛苦苦从家里逃将出来，一路逃到天津城，满腔的忐忑尘埃落定。到梁府大门一看，这牌匾已换作了日军办事处，心陡然又吊起来，其后她又黑着胆用她所学不多的日语，向守门的卫兵毕恭毕敬地询问梁府一家人的去向，卫兵道不知晓。她茫然退将出来，又左邻右舍四处打听，终于打听到了大概方位，到了英租界里，又是一番中英文苦寻苦问，才打听到他们的住处，一进门来，却只见死气沉沉客厅里的苏凤。

她顾不及寒暄，只一壁问如美的下落。

她是真的想她，念她，担忧她。这想，这念，这担忧，比她此生曾有过的任何情愫都来得凶猛热烈。

媚景一听闻，如美不知去向了，便茫然地站在客厅里，丢了魂似的站着。

苏凤也没了揣测这二人关系的心思，只将她一人晾在那里，又准备给杜德鸿打去电话。

可号码尚未拨齐全，这下又是一拨人乱哄哄地挤进了屋子。

这次来的，却是宋福如的兄弟，以及书静、书齐两个孩子。

这宋家兄弟领着两个孩子进了屋，苏凤的电话方拨通，对方尚未接起来，便又挂了下去。

苏凤望着宋家兄弟，不说话。她没有多大精神去问的，心中自也是了然，他必定会说，也就没了问的必要。

——这人与人之间说话的心思分寸，她心中历来都是剔透的，无论悲喜，都不妨碍她的清澈澄明。这是天赋，丢不掉的。

果不其然，宋家兄弟站定了一会子，见梁秋声不在，便气哄哄地给苏凤甩起脸子来："这是你们梁家的两个小东西，我们老宋家养不起，也养不动了。"说着就将两孩子往前一推，喝一声，"去！"

说罢便出了门去，嘴里还不住地念着："晦气东西！"

两孩子被这一推一耸，书齐一脸的木讷委屈，瘪着小嘴；书静满脸写着不忿与怨怒。两孩子站在客厅里，不出一言，沉默如两尊雕像。

苏凤又看了他俩一会子，哑声问道："你们娘呢？"

其实，苏凤心里早已猜到个七八分的。

一听到"娘"这个字眼，书齐瘪着的小嘴就咧开了，眼泪顺势而下，"哇"的一声哭了出来："我娘，我娘她死了，抽鸦片抽死了……"说着就号啕起来。

书齐眼泪方落地，书静就一声暴喝："哭什么哭！"

书齐便噤了声，含泪委屈地望着姐姐，再不敢哭半分。

苏凤望着书静书齐，心中陡然想到安生，悲从中来，但她是再也流不出眼泪了的。她甚至怀疑自己，余生已经丧失了落泪的能力。

这段时日，生生死死的事，太多太频繁，她几乎已经失去痛感。她只是可怜眼前的这俩孩子，从此往后便是没娘的孩子了。

她走上前去，将两个孩子揽进怀里，摸着书静的头，哑声安慰道："没事，没事……以后婶娘就是……"

这后面的半句话，尚未说齐全，书静却一把将苏凤的手推开，拉着书齐的手往她爹娘的房间里奔去，冷不丁说道："呸，一个戏子，不配做我娘！"

书齐却含着眼泪回头巴巴地望着苏凤唤道："婶娘，婶娘……"

这一幕，正好被刚刚从外面买菜回来的李妈看到了，李妈把小月儿放下来，小月儿就直奔苏凤的腿根子，抱着苏凤的腿唤道："姨娘，姨娘……"

书静的那句话，像耳刮子似的扇在苏凤的脸上，让她愣在那。

苏凤痴痴傻傻地愣了好久，心里不断地回味书静的话，她不由得在心里苦笑：是啊，她不过是个戏子。一直以来，她就是个戏子。连一个半大孩子都知道自己不过是个低贱的戏子。她一介戏子，又有什么资格去找高高在上的杜德鸿杜先生呢，她嫁入梁家已算是飞上枝头变凤凰了，梁家里的人，明面上都唤她三少奶奶，背地里哪一个又不是叫她戏子呢。这半大孩子最会鹦鹉学舌，想必这大嫂宋福如关上门来，是真没少说她坏话。

苏凤一壁又想起从前尖嗓门的丫鬟秋菊的碎嘴，又想梁家落魄后，自个儿一家一家去寻宋福如的模样……嘴角不禁又冷冷一提，呵，这女人心思！

李妈心如明镜，连忙上去劝慰："少奶奶，您别往心里去，书静还是个孩子，那些都是信口胡说的，你千万莫当真，莫要与她置气。"

苏凤转过头来,冷哼一声,哑着嗓子说:"孩子?都十三岁了,还是个孩子?李妈,您知道我十三岁在干吗?我在被杂技师父的鞭子抽着顶碗,一顶就是一宿啊。大冬天里,头一次来月事,忍着痛和恐惧,还在顶啊!"

苏凤越说越激动,越说声音越哑,她几乎都颤抖了起来,

看见苏凤激动,抱着苏凤小腿的月儿登时就又哭起来:"姨娘,姨娘,姨娘别不要小月儿。月儿会乖的,月儿会乖的。"

苏凤仿似山洪溃堤,还要说:"后来我被梨园的师父接走,还是每天练功……"

说到这里,她陡然就顿下了,她这才会意到,自己数落的这些前尘细碎,还是在说自己是个戏子,她年少的生命里,全都是为了准备当戏子而坐科唱念的岁月,全是卑贱的日子……

她终究还是个戏子。

渐渐地,苏凤说得没了声气,她越来越觉得没意思,她书静说得对,她不过是一个戏子。

月儿还在叫:"姨娘,姨娘,姨娘别不要小月儿。"

苏凤苦笑一阵,渐渐地蹲下身去,抚着月儿的脸说:"月儿乖,姨娘不会丢下你。"说着就拭去她那张小脸儿上的泪。

这原本应该粉扑扑的小脸儿,大热天的,居然给哭皱了。这段时日,也着实难为了这孩子。一想到这,苏凤又捏了捏这灰不溜秋的小脸蛋,对着她疲倦地笑了笑。

李妈见状,亦笼络过来,望着苏凤,小心翼翼地揽过月儿,向她道:"来,月儿乖,姨娘不会丢下小月儿。今天姨娘

很累了,让姨娘歇息好不好。"

月儿又掷地有声地叫道:"好。"

随后李妈便带她去了卫生间,给孩子脱衣洗澡。

其后,看着眼前发生的这一切的媚景,这才走上前来,也没说话,留下了好些银钱,又留下了一张自己旅店的电话号码,交代了声,若是如美回来,请立刻挂一通电话过去。

说完也便离去了。

苏凤望着摆在桌上的银钱和电话单子,又看了看桌子上的电话,不禁又提着嘴角笑了笑,她心想,这可能便是命罢。

如此一来,她心下便又有另一番图景了。

正待她起身回房时,电话铃响了,苏凤站了片刻,也想了片刻,又笑了笑,那笑似风中残烛,又似将死未死将熄未熄的灰烬。

她将电话接起来。

"喂,是凤儿吗?是你打的电话吗?你知道我等你的电话等了多久吗?你还好吗?"

这一连串的四个问句,这语气中的焦急,多么真切,又多么遥远……多像梦,又多像一场戏。

"杜先生,是我。"苏凤道。

四

人生在世如春梦,怒且开怀饮数杯。自古道,酒不醉

人人自醉，色不迷人人自迷。去也，去也，回宫去也。骗得我欲上欢悦，万岁，只落冷清清独自回宫去也

这痴痴缠缠的梦啊，一个接着一个。

苏凤睡在床铺上，犹如睡在冰窖里。师父的话、算命的话、秋声的话、阿母的话轮番来搅扰梦境。他们的脸清晰可见，他们的话言犹在耳，一直逼迫苏凤的脑神经。她睡在床上浑身肌肉紧张，大汗淋漓，却又觉着浑身凉幽幽的，像是与鬼缠斗了一夜，又像是被那不干净的东西沾上了身。一夜的辗转反侧，至翌日清晨才逐渐安稳睡将过去。

李妈几次推门进去，见她睡得踏实安稳，实在心疼她近来完全没有睡上一个好觉，便也就打却了叫她起床吃饭的念头。

苏凤醒来时，窗外风卷残云，天尽头似火烧，一片琉璃斑斓，似染缸倾倒泼上了天空，又似能工巧匠鬼斧神工的巨大画作，美得一塌糊涂。

苏凤坐起身来，迷迷蒙蒙定了定神。屋内是混混浊浊的昏黄，寂静通透没有声音。她甚至能听到自己的呼吸。

近来的日子这样喧嚣，没有一天消停，吵得她几乎都忘记了生命原是可以这样的静。

这静，似在凛冬梅园里吊嗓，似秋夜菊园里赏花，也似戏台曲终人散，空荡荡的戏场，古旧的座椅板凳，默不作声的吊灯，以及悬在衣服架上的青衣水袖。

苏凤陡然很想唱戏，唱一出《游园惊梦》，唱一出《霸王别姬》……

霸王？她的霸王在哪？

忽然，她又想到了那一夜的梦，这梦里梦外，唯独少了杜德鸿。

她想，自昨夜那通电话后，她该是彻底失去杜德鸿了。

——那竟是昨夜的事情，怎么恁地就觉得是发生了很久的事情呢，她不知其中因由。

昨日，一切喧嚣吵嚷尘埃落定后，电话的一声炸响留住了她的脚步。她苦笑嘲弄自己一番，接起电话，在杜德鸿一阵连番轰炸的问句过后，她风轻云淡地应了一声："杜先生，是我。"

其后又答了他："我还好。方才是月儿不懂事，胡乱拨通了您的电话，还望您莫见怪。"

那边陡然就顿住了——是失望的。

苏凤也知听筒那头的停顿，是极失望极失望的。这失望，是她给他的。她也只能给他失望，给不了旁的。

不多时，那边还是顿的，苏凤又启声："还望先生原谅。早些休息。"

说完便挂了电话，即使她分明听到了那边又急切切地唤了一声"凤儿"，但她不想再听了，她不想再动任何心思了。

挂完电话，陡然袭来一阵昏天暗地的倦意，苏凤方进房间，就累得昏死过去。这一睡就是翌日的黄昏了。

待到苏凤完全醒转过来，出了这屋子，便撞见李妈领着月儿从外头回来，苏凤问李妈，这是出去干什么去了？

李妈憨厚地笑答:"这家里的米面粮食就快要见底了,所以我就寻思着出去找找哪个大户人家要不要妈子婆娘打打下手什么的。"说完,又一壁问苏凤吃饭了没?

听李妈说完,苏凤转身便回房,拿出了昨日媚景留下的好些银钱塞到李妈手中:"李妈,您先把这些银钱拿着救救急。您年纪大了,也不要为难自己的身子,也别寻思着去找什么活计不活计的了。日后,这家就由您当着了,至于口粮温饱的问题,交给我便是了。"

"下人命贱,我这身子骨还硬朗得很,不碍事的。再说,这家怎么能让我一个下人当着。"说着就把钱袋子又推了回去。

"李妈,这从此往后,您可千万别下人长下人短的了。这段时日,若是没有您,我都不知该如何才能撑过来。您虽不是我亲娘,但进梁家前前后后这小三年,您里里外外没少照应我。这以后,您当我是您女儿,只管叫我凤儿就是,千万别叫什么少奶奶,三少奶奶的了。"

这三言两语,直戳李妈的心窝子,眼泪陡然就盈满了她的眼眶。她一介无依无靠孤寡老妪,年过半百,竟半路拣了个仙女一般漂亮体贴的女儿,怎能叫她不潸然,不泪下。

李妈哆哆嗦嗦地应苏凤:"是是是,三少奶奶……"

此言一出,她又知自己言错,而苏凤又娇俏地瞪了她一眼,她便不由得低下头去,一壁用手揩眼泪,一壁傻笑。

苏凤想,过去了,真的过去了……她是受够了这暗无天日的日子了。

她如此想着,便给林老板挂去了电话。
——她要唱戏。

隔日,林老板与苏凤约见在望仙楼吃茶。

苏凤好生装点了自己,施施然地去了。一去,便撞见满桌戏班子的旧人,一众师兄弟、锣鼓银擦技师,济济一堂,坐在席上等着苏凤的到来。

苏凤撩了门帘方一抬眼,就受了一吓。

好大的阵仗!

苏凤方进门来,林老板就起身迎上来,一众师兄弟也都立起身来,一个个脸上都堆着诚挚的笑,鼓着掌吼叫道:"欢迎冷老板回来!"

林老板迎上来,笑:"赶紧就坐,赶紧就坐。"

苏凤嘟囔怨怪一声:"不是说,只是你我二人吃茶的吗?"

林老板又笑:"都怪我口风不紧,都怪我口风不紧……这戏院里的兄弟们,听说你要回来,一个个像是听说大圣要归山的小猴子似的,高兴得连屁股蛋子都涨红了。"

一壁说着,就又见一俊俏小生,捧着一束百合迎上前来,欢天喜地地笑道:"冷姐姐,欢迎您回来!"

苏凤有些微迷瞪,总觉得眼前这孩子面善,但一时真想不起来。

林老板看出苏凤的难处,又是一阵笑:"这是小六子啊,之前一直在后台撩帘子的小六子啊。"

苏凤这才恍惚想起来,一声长叹后,手便捏上小六子的脸蛋："真没想到是你这小东西呢。我离开戏院时,你才到我额头,现如今却比我高出不止半个头。你能干啊,小六子。"

"冷姐姐,您可别再叫我小六子了,现如今啊,我也上台唱戏呢。"

"是是是,这小六子啊,撩帘子偷学了不少本事。"林老板,说着就扫一眼小六子。

闻言,席上就是一片哄笑。

小六子听了这话,可就不高兴了："我哪有啊!我这叫借鉴,什么偷学?说这么难听!林老板,净会寒碜人!"

"是是是,你是借鉴,你是借鉴。"林老板又转了头,望向苏凤,"不管怎么说,现在这小六子啊,是耍刀舞棍、唱武生的一把好手。"

"什么小六子?林老板你简直欺负人,我师父不是早就给我取了艺名吗,怎么还叫人小六子!"

席上又是一片哄笑。

"好好好,小六子,那你告诉冷姐姐,你艺名叫啥啊?"

"王小六。"席上唱老生的大师兄又打趣了,这就又是一片笑声。

"哼!我不想理你们了!"小六子一壁生气把花推到苏凤怀里,一壁就奔到旁坐嘟着小嘴坐下了。

这席上就更是热闹了。

苏凤也跟着笑了,又放下百合,去哄他："六子,六子,你这以后唱武生的红角,这般小气模样,倒不像是唱武生的料,倒更像是唱青衣花旦的料呢。要不要串门,拜姐姐为师得了?"

这一说,小六子更娇气了:"哼,连姐姐你也来欺负我!"

苏凤见还哄不好,又回身问了林老板这小六子的艺名,旋即又转身,对小六子唤道:"程青松程老板,可否赏脸就坐吃个饭啊?"

此话一出,小六子就从椅子上蹦了起来,大叫一声:"好!"

林老板俏骂一声:"德行!"

这房间便愈发开怀欢快了。

冷冰方落座,这屋子里的笑声尚未散尽,就只见一粉黛梅妆、吊眼薄唇的女子,飘飘然进了屋子,直唤一声:"哟,大家都在呢,冷老板也在呢……"

屋子瞬时间便静了下来。

苏凤抬眼一看,只见来人凌眉细目,胭脂红唇,细小的身段上却架着副主子的气势,那右边嘴角的一颗小人痣硬是出卖了她往日的身分。

真真是今时不同往日啊,这昨日的绿叶,蹦上了枝巅,便幻作了今日的红花来。派头倒是做足了。苏凤心中倒也并未觉得不平,只是听她这三言二语中的嫉恨口气,便知晓了头两个月,林老板在梁府与她说的那句——这小七儿太傲,戏台上唱得喝彩声掌声一片,但是这戏台下的交流应承功夫实不如人——是对的了。

苏凤亦不惧,虽久未与女戏子过招,但女戏子毕竟也是女人,女人之间争来斗去的那点小心思,前前后后无非那么两种，全都大同小异，没差的。都说过罢，女人间的战争，她是在行的。

"是许梅仙许老板来了啊。"苏凤率先起了身，也并不刻意迎上去，只站起身望着她客气地笑。

"呵！"小七儿也不正眼瞧苏凤，接着细声道一句"倒也识趣"后，竟自摇摇曳曳地向前走来，那小步子是软的，如坠云中，亦自有一番婀娜。

林老板硬是愣了一会子，心里盘算该如何寻找措辞。只见他立即起了身，回过头来迎上去，笑问："梅仙怎得空过来了？"

"怎么着？难不成林老板这是有了故人归，就要遣了新人去？这迎冷姐姐，噢，不，该是唤梁家三少奶奶，重出江湖的酒宴是不欢迎我咯？"许梅仙扶一扶头上的发钗，也不正眼瞧上一瞧——这副作态，最是傲慢不过了。

林老板干笑两声："怎至于，这不是因梅仙你平日里，素来不爱社交酒宴什么的，这不是怕叨扰到你，所以才未曾向你声张不是？"

"也就你的嘴巴会唬人。"说着，这许梅仙就娇俏细笑着瞪一眼林老板。

这言语中的暧昧，是再明显不过的了。苏凤自是明了，这卖弄的几分风骚中不乏向她挑衅之嫌，但苍蝇不叮无缝的蛋，凡事也没有彻底的空穴来风。想来，这小七儿和林老板确是有了些杏花青柳的故事的。

林老板也不再说什么，只得将许梅仙迎到自己的位置上，笑道："来来来，坐坐坐。"其后又转身离席去唤店小二添张椅子,回身来时,却见这许梅仙硬是站在那。

林老板问:"梅仙,怎地还不坐?"

许梅仙嘟了嘟小嘴,望了望林老板,又望了望隔壁苏凤的位置。

彼时苏凤亦已坐下,见状,立马又起身让开身去,轻声笑道:"来来来,许老板请上座。"

小七儿正欲前去落座,却被林老板一声喝住:"梅仙,不许胡闹!你坐我的位置就好。"

"我怎么胡闹了我?"

"今日是为冷老板接风洗尘,自然由她坐上座!"

"她?她不过是个过气的戏子,无人要的弃妇,她凭什么坐上座!"

此言一出,座上皆惊。

林老板气急,"啪"的一声扇在许梅仙脸上,"你怎么说话呢!都跟你说过多少次,做人说话留三分余地,你硬是学不会!"

苏凤见此情形,暴喝一声:"清正,你住口!小七儿年纪尚小,你动粗干甚!"又忙前来拉劝许梅仙:"来来来,小七儿来,你坐这,你坐这,都是自家姊妹兄弟,不讲究这些的。"

这如今堂堂的许梅仙,怎忍得了"小七儿"这从前卑微的唤法;叫她更受不了的是,苏凤唤林老板本名唤得是那叫一个熟稔顺溜。她捂着脸的手,反手将苏凤搭上来的手一推,就蹲在地上哭起来。

这蹲在地上哭,自也是半真半假。一半是渴求林老板的垂怜，一半也是心中有百万个委屈，她究竟是不如这老戏子。他林清正到底是喜欢她多一些。

苏凤被推在墙角，冷不丁细微地一笑，她唱的这出"诸葛亮吊孝"，是真真刺到她了。待到她回转过身来，又换了一副诚恳脸孔，走上前去，又是柔声细语哄："小七儿，乖，这不是多大的事。这座儿你要坐，坐便是了。"那语气如母亲哄孩儿吃饭。

这温柔一击，那还得了——压死骆驼的最后一根稻草，也概莫如此。

闻言，许梅仙"腾"地一下站起身来，又将苏凤撞跌倒了。她泣声指着倒地的苏凤吼道："什么小七儿？我告诉你，告诉你这过气的戏子，老娘现在是许梅仙许老板！"

其后，她又一字一顿地又说了一遍："许！梅！仙！许！老！板！"

这可怜的自尊心啊。苏凤坐在地上，一副无辜模样，心头却在冷笑。自然，这笑也不乏此局已定，胜负分晓的意味。

林老板又忙上前来扶苏凤。

苏凤起身后，只见林老板咬着腮帮子，望着小七儿。片刻后，林老板轻声细语地对小七儿说："你给我滚出去。"

"我偏不出去！"小七儿还在犟。

"出去！"一声雷响的炸喝。

小七儿被这吼声吼蒙了片刻，她从未见过温文尔雅的林老板发过这样大的脾气。

谁都没见过。

小七儿缓过神来后，走下桌来，站在厅内，仿似认命一般地冷冷一笑："好！好一对狗男女！林清正，没想到你这么喜欢搞破鞋！"

"滚！"林清正拿起茶盏就向小七儿砸去，又一声暴喝。

小七儿方落魄离去，林清正望了望满桌盯着他看的眼神，只道："都散了吧。"

一众人出了屋子，林清正便掀翻了整张桌子，满桌的瓷碗菜肴，稀里哗啦洒了一地。

苏凤站在门外，听那一地的破碎，听得心惊。近来，她听这样破碎的声音，实在听了太多，她心中是由衷地怕了瓷器玻璃碗盏落地的声音了。

她站定在屋前，欲要回身去安慰林老板两句，后又想了想，还是转身回了家去。

五

苏凤尚未回到屋，便撞见了秋声坐在楼梯口，一副鬼魅神情。

她知道，这秋声，再不是从前的秋声了。

只见秋声鼻青脸肿，一脸的邋遢模样，眼睛里再不见他从前油头粉面小生水亮的模子了。他的眼睛变得游移无神，浑身散发出一副非常态的没有着落的不安定感。苏凤知道，那是痴傻疯癫的模样。小时候，在街上她看到过好些疯癫子，都是这副模样，一张张无所事事的脸孔，成天拖着灌了铅似的腿，或者拖着根棍子，从东街拖到西街，从西街再拖到东街，嘴角永远流着涎水，或是一句话翻来覆去嘟哝个不休。

再一看秋声，与那些疯癫子，几乎如出一辙。苏凤明白，要不了多长时日，他同样会双目无神、口流涎水、灰头土脸、衣衫不整，整天无所事事，像被小鬼勾走了魂似的行尸走肉一般地四处游走。

她望着他，不知为何，陡然由心中升起一股快感。一种轻松的惬意的快感。

她不知，曾经爱一个人那么深，竟可这样轻易就恨起来。

苏凤不禁提起嘴角，又极悲漠极悲漠地一笑，对坐在台阶儿上的秋声伸出手去，柔声道："走，秋声，咱们回家。"

秋声瞪圆了眼睛望着她，一副将信不信的模样，定了片刻，还是伸出了手。

这手是有多久不曾牵过，这人是有多久不曾这样沉默温柔……苏凤不敢再往下想，只牵着他的手，便往家去也。

等到了家中，李妈尚未就寝，起身出来招呼。李妈一见秋声回来，又急忙忙上前来问候："哎哟，三少爷，你可算是回来了。"

那副焦急的神情，令苏凤睹之可悲。

原来真的桥是桥，路是路。有些人生下来便是为奴的命，一辈子便也摆脱不了为奴的样态。

看着李妈，苏凤开始渐渐承认有命这个东西。

登时，她脑子里又回想起那半瞎不瞎的老头与她算的命。

命途多舛，情路不顺，晚景凄凉。

这十二个字，生生地又钉进了苏凤的心坎里。难道这草草十余字就谋划了她一生际遇，篡改不得？她恨恨地一咬牙。不，我苏凤不信！与天斗，与地斗，与命斗，即使斗它个人仰马翻穷途末路，也要斗一段顺风顺水的情爱来。她陡然感到一阵心悸，独自回了房，坐在床沿上缓了好一阵，才缓过来。

缓过来后，苏凤便开始张罗纸笔，洋洋洒洒几十字，一封休书落成，找了半天印泥不得，伸手往嘴里一探，出了血，二话不说按下去。其后又拎着这封休书出了房门，抓起秋声的大拇指就往自己的拇指上一抹，迅雷不及掩耳地往纸上一盖。

够了，从前的风花雪月，近来的拳脚相加……两年有余的夫妻缘分，尽了；几个月骨瘦如柴的混蛋日子，到头了。

在厨房里忙活的李妈，端着一碗热汤，回身来，照见这场面忙问："三少奶奶，这是什么？"

婆子不识字，也猜不着苏凤的心思。

苏凤扫一眼李妈，道："休书。"

"少奶奶，你这是做甚！"

苏凤也顾不及提醒她，这昨日二人兑换的言语，莫要再唤她少奶奶，只一壁摇头笑道："没做甚，只是过够了这暗无天日的日子。"

"那三少爷怎么办？"李妈急红了眼。

"从此天各一方，互不相欠。"

现在的苏凤，多有冷冰的派头。

一想到她的安生，她便恨。从前的一切皆可忍受，可他害死了安生,叫她痛不可忍。

"婊子无情,戏子无义。"此时,从大哥房间门口,冷不丁传来这么一句冷言冷语。话音刚落,就见门要关上。

闻言,一溜烟的工夫,苏凤就冲进了房内,揪着梁书静的头发,将她拖到客厅里来,毫不犹豫,"啪啪"就是两记大耳刮子。

书静厉声尖叫,一手去救自己的头发,一手去钳苏凤的手。

两巴掌下去,书静戾气上来,翻白了眼,一个劲地骂"臭婊子"。

苏凤忍无可忍,上来接连又是好几记耳刮子,一壁扇,一壁狠狠地骂:"有娘生没娘教的东西!"

"戏子就是婊子!"说着书静就要上前来与苏凤拼命。

苏凤利落地一伸手,便掐到书静的脖颈,将她抵至墙根处。

——这些年顶碗唱戏的功夫,并不是白练的。

见状,李妈要上来劝,苏凤回头一记凌厉的飞眼喝住了李妈:"李妈,今个儿这事,您可别管,我这戏子今个儿就花旦做武生给她唱一出《武松打虎》,教她怎么做一头听话不伤人的畜生!"

闻言,李妈便在一旁急得没了言语。

"呸!"一口唾沫硬生生地飞上了苏凤的领口。

见状,秋声却在一旁鼓起掌来,直叫唤道:好玩好玩!

此时,书齐也出来了。奶声奶气地跑上前来拉苏凤的裤管,哭喊道:"婶娘,婶娘,不要欺负姐姐,不要欺负姐姐。"

那一口唾沫，惹得苏凤彻底怒了，也不管脚底下的书齐，只管手上铆足了劲，捏着她细小的喉管，"啪啪"又是几记耳光，挑着眉瞪着眼问她："知错了没有？"

"戏……子。"书静的脸，整个都充血涨红了，却还是不松口。

苏凤不由分说又是几个大嘴巴子扇上去，仿若毒蛇一般瞪圆了眼睛，再问："错了没有？"

李妈见状，整个人都吓傻了，她是从未见过这温柔娴静、知书达理、万事都拿捏分寸极好的三少奶奶这副暴怒模样的。李妈急得"扑通"一声跪倒在地，求道："三少奶奶，再这么下去，会出人命的！您就放过书静小姐吧！"说着就又转头看向书静，哭求："小姐，你就认个错吧，认个错，让你婶娘消消气！"

书静依旧犟着，不肯低头认错。不多时，便只见她的脸越涨越红，两眼一翻，苏凤见状，便收了手。书静整个人便顺着墙滑下来。

李妈又忙爬去照看书静，又是晃，又是摇，又是掐人中的。

书齐也哭着，推搡姐姐的身子。

而梁秋声，还在一直拍着手，叫道：真好玩，真好玩！

苏凤站定了一会子，望着这一家的老少，心中是再也没有一丝一毫的眷念。

她倦倦地回了房，开始收拾自己的行李物件。

待到一切收拾妥当后，苏凤背着行李包裹，进了李妈的屋，一手将睡得迷迷瞪瞪的小月儿抱起来，又窜进了大哥大嫂的房间，一手牵着书齐就往外走。

"书齐，走，跟婶娘走。"

"婶娘这是要带我去哪？"

"去好玩的地方。"

"不，我不去，我要跟姐姐在一起。"

苏凤不再说话，生拉硬拽地拉着书齐往外走。

"三少奶奶，你这是干甚？！"

"没干甚。李妈，您要是愿意跟着我一块走，您就跟。要是不愿跟，您也别插手。"

苏凤一壁说着，又一壁拉书齐出门。书齐没什么气力，他硬生生地被拉出了门去。

彼时，书静已醒转过来，但浑身毫无气力，见着眼前的一切，忍了好久的眼泪终于还是流了下来。李妈见状不忍，抱着书静一块哭起来。

苏凤一手抱着月儿，一手拽着书齐离开这间屋子时，又回头看了看秋声，只见秋声已躺在沙发上，一副痴傻的模样，睡了过去……

出了门，皓月中天，夜色融融，世界静得似一块墓地。

这一天，她折腾得够多了，此时此刻，她只想要一张床，好好睡将下去……

六

苏凤拖着疲惫的身子和两个孩子,到了林老板的住处,敲门片刻,林老板便应了门。

林清正也不问,将苏凤迎进来,帮她将月儿从怀里接过来放到自个儿床头,招呼一声让苏凤她们今晚就在这将就着,其他的明日再作打算。交代完了便踅出门去。

苏凤亦不再有精力言说些什么客套感激之言,心下明白他该是去戏院里找地方睡去了。

苏凤望着站在屋里的书齐,命他上床睡觉。

书齐倔起来,撅着小嘴半天不响。

苏凤便放言:"你有种就在这站一晚上,别睡觉!"今日之事,着实耗尽了她的耐心了。

她熄了灯,便卧床睡过去。她真的累极了。书齐在黑暗里,站定了不过片刻,便又急不愣登地钻上了床,紧挨着苏凤,也睡将过去。

这一日一副模样的世道。明日,又会变出个什么混蛋戏法,随它去吧!

自此,苏凤便再也不是那优柔寡断、儿女情长的苏凤了。她又变作了冷冰,比从前要更利落干脆的冷冰。

林老板在戏院里将就着歇息了一晚,翌日一清早便起了个大早,回到屋子在门外候着,等听到屋里有了起床的动静,才敲门问苏凤醒了没。苏凤穿了衣,开了门就将林老板迎进来,又问他:"怎就起这么早?"

"这么多年,早起带着戏子坐科吊嗓习惯了。"林老板答,又问,"昨晚睡的可好?"

"挺好。这段时间算是折腾够了,心里不胡想,也就睡得踏实了。"苏凤一壁答,一壁又四处在寻什么似的。

"睡得好就好,睡得好就好。"林老板莫名有些羞赧,又见苏凤似是在找洗脸用具,这才想起自己早起过来,就是准备照应这些琐碎物事的。于是,又忙不迭地去端了洗脸的盆子过来,任她梳洗。

苏凤轻声道了谢。

林老板又说:"千万别这么说,咱们之间,是不言谢的。"

听闻此话,苏凤猛地一怔,此话听起来太过耳熟。蓦然间又想起这是初初搬至杜德鸿在租界里的房子时,杜德鸿对她说过的话。时下,想起杜德鸿来,她茫茫然凄惨一笑,就回房去了。

转身林老板也出了门去,亲自去早市上捡了几根油条,兜了几个白面馒头,称了一斤酱头萝卜菜。转身回来时,又见花草铺子也开了门,便趋身进去买了一束百合,捧了回来。

这边厢,苏凤回房后就将书齐从床上揪了起来,命他快速梳洗。书齐迷迷瞪瞪地被苏凤从床上拎起来,似梦非梦,迷迷糊糊地望着苏凤叫唤了一声:"娘。"又问,"娘,咱这是在什么地方啊?"

苏凤被这一声没头没脑的一声"娘"又给弄迷怔了,她还没听到安生叫她一声"娘"呢,顿时她心中又哀。看着这半大孩子,陡然又从心里蹿出一股无名火来,对着书齐骂道:"什么娘不娘的,你已经没娘了,你娘已经死了!给我起来!"

这么一说,书齐才真正清醒过来,一想起自己的娘已经死了,就又哭出声来。这一哭,把月儿也吵醒了。

苏凤烦闷至极,指着书齐的鼻子,大声呵斥:"不许哭!自己穿衣服,洗脸!"

书齐哭得更厉害了。这下惹得月儿也跟着哭起来。

苏凤再次厉声叫道:"不许哭!再哭将你们剁了,拿去喂狗!"

听闻这句话,书齐顿时就止住了哭声。慢慢地,月儿也瓮声瓮气地止住了哭声。

苏凤转身又拧了手帕过来,给两个孩子擦脸。

待到擦完脸,穿好了衣服,苏凤便领着书齐来到院子里。

院子里,林老板已经摆好了热腾腾的馒头油条和酱萝卜菜,便叫他们坐下来吃。两个孩子经过一夜的折腾哭闹,腹中早已是空空如也,见着食物,奔过去就开始狼吞虎咽。林老板,又唤苏凤快过来坐。

苏凤勉强笑了笑,过来坐下了,转过头来,忽见桌子旁的椅子上,摆着一束周正清透的百合,倏忽间望得出了神,举着筷子,半天都没动。

林老板只顾着看两个狼吞虎咽的孩子,想着这从前空落落的院子,陡然间多了两个孩子和一个女人,恍惚间就多了好些生气,于是便稚气地笑了起来。笑着又给两个孩子一人分了一根油条,分完又摸了摸书齐的头。待回过头来,又看见苏凤怔怔地望着那百合出神，不由得不好意思起来："噢，那花……你，你别多想。我是看你一个女人家的，住在这粗俗破地，怪别扭的。想着屋子里放束花，可以去去男人的浊气。"

苏凤是聪明人，心下明白林老板的好意，但也只是笑笑。

林老板见气氛一时尴尬，便又启声笑问："你怎么还不吃啊？馒头该凉了。"

苏凤答非所问，只说："林老板，我有几个不情之请。"

"说这么见外的话干甚，有话你尽管说罢，能办到的，我林某人一定帮你办。"

"一则是我目前没有屋子住，你能否帮我寻一间处所。二是，我登台之事，怕是得缓些时日，你也知道，我久未唱戏，这嗓门不如从前好使，得花些功夫找找感觉，以免砸了你的招牌。三是，我想将这书齐放在你手头，你帮我好好训训他，教他唱戏。"

"这小儿跟着我学戏，倒也不是难事。我看他也挺机灵，只要他肯学，我一定好好教。你登台之事，也好说。至于这住所，你若是不嫌弃的话，住在我屋里就好，我去戏班里凑合着就行。"

"林老板，书齐的事，我先谢过您了。至于在您这住下，我看是不大方便的。我好歹也已嫁做人妇，同旁个男人说话都得避嫌，更何况拖着个孩子在你这进进出出的。话说回来，即使我可以没头没脸地住你这，但你好说歹说也是个有头有脸的人物，总得顾着你的形象些，不是吗？您要是方便的话，就帮我找个地安顿下来，环境好歹都不讲究的。要是不方便的话，我就自个儿再去想想办法。"

话已至此,林清正也就打却了留她在这住的念头了,嘴上应承下来,这两日就帮她去物色一间屋子。

苏凤又言了谢。

这次,林老板没再说"我俩之间,并不言谢"这话,只默默点点头,便出门去了。

苏凤转头又看了看那百合,将它静静抱进了屋子里,好生安顿在了茶几上。其后命书齐好生看着月儿,不许乱跑,然后深吸了一口气,亦出了门去。

苏凤回到了英租界的屋子里,将自己那箱戏服运了回来。其间,李妈前来招呼询问,苏凤只简单应付了几声,连现下的住址也没交代,就绝尘而去。

只留李妈在家里又是一阵哭叹:"这次,她是真绝了心了。"说着,又看了看仍旧躺在沙发上不省人事的梁秋声,是更伤心了。

苏凤回到林老板的院子里,将箱子打开,戏服一件件拣出来,一字排开,甩了两件被老鼠咬破了洞的,然后一股脑扔进洗衣盆里,开始烧水、洗衣、晾晒,等忙活够了,已是中午时分了。多少年不曾干这些粗活,时下是真累得腰都直不起来,一双纤纤素手硬是泡得发了白,满头的汗直往下淌,头发在日头下晒得发出一股干枯的焦臭味。

待到苏凤将这些戏服整理通透,晾晒整齐了,天上的日头正悍。这明晃晃的太阳,照在这宝蓝粉翠朱红的各色衣裳上,落在凤冠点翠珍珠上，院子四壁都折射着迷离的光。

苏凤满头大汗地站在这些锦绣罗衣之中，陡然觉得眩晕。这些倚红偎翠艳丽的华服配饰，像是一场迷幻易碎的梦，她仿佛几年前的自己就在不远处朝自己招手……

她笑，兜兜转转，她这一生，终究还是个唱戏的。

苏凤再登台，又是一年深秋了。

在准备重新唱戏到正式登台的数月之间，苏凤是夜以继日苦练唱腔台本。自从嫁入梁府后，苏凤竭尽所能地让自己忘掉戏子身分，从不吊嗓，亦不坐科，为的就是避人耳目，以免落人口实，生怕掉了秋声和梁府的身价。因久未开嗓，苏凤这唱腔已是明显不如从前那般圆润通透了；又因亡儿安生之死，号啕用力，伤心过度，如今吊起高音来，声带更是吃力得紧。

即使此间数月，苏凤废寝忘食、勤学苦练，只为能回到从前岁月那江流宛转、余音绕梁的嗓音，但却已是回天乏术了。苏凤心中悲戚，这祖师爷也不赏饭了。

苏凤消沉，原是不打算唱了。

但林老板一直守在一旁劝慰，说："你是久未登台，怯场怯的，甭担心。唱戏这事，会唱就是会唱。话又说回来，唱得好不好，不是唱的人说了算的，是座上的票友儿说了算。你且努力唱一回，不怕的。"

闻言，苏凤心想，如今也没有旁的选择了，就唱一出罢。既然一日为戏子，要死也便死在戏台上。

尾声

民国二十三年,深秋。

经过数月的苦练,一切准备妥当。

开唱在即,几日前林老板便精心为苏凤做了巨幅广告,由长丰戏院的楼顶哗啦啦倾泻下来,画上是苏凤扮作杨贵妃苦世含情侧目凝神的扮相,画报一侧浓墨重彩书有"冷冰,暌违三载,倾世回归"之字样。

苏凤登台当日,林老板又在戏院门口摆了两排联排花篮,座上客亦是备好了免费的上好茶水瓜果。林老板亦为苏凤安排了一个近身丫鬟冬梅,随身伺候着——苏凤再登台,林老板是费尽了心思,极尽了排场的。

霜降方过,冬至未至。

这一日,秋风飒飒,天气已是寒凉入骨。天津城里依旧是车如流水马如龙，繁华恢宏一派安和的气象。

苏凤坐在黄包车上，经西桥，过望仙楼，再穿过护城河，河对岸便是天津城最有名的长丰戏院了。苏凤隔着河，望着戏院旧楼，心中何止感怀万千。

此情此景，与三年之前作别之日，如此这般相像。谁承想，几年间，在这戏台子上下，浮世绘，众生相已出演了这样多的生死离合，叫她时而分不清，究竟何时是戏，何时不是戏。

三年前，她坐在黄包车上，过了今日，她便要褪去华服，由戏子冷冰幻作寻常妇人苏凤。

而今时今日，她又来到这长丰戏院前，却要将这锦绣罗衣再次穿起，由一个走投无路的寻常妇人苏凤重新幻作戏子冷冰。

——这命运之婉转戏谑，真是不可说。

苏凤抱着汤婆子进了戏班的化妆间，见屋内陈列摆设一切还是原来模样，愣是恍惚了半晌。

冬梅怯怯地近身过来，柔声唤她："冷老板，该要上妆，准备登台了。"说着便替她宽衣，摆开装饰盒，欲要给她扑粉垫妆。

"让我自个儿来吧。"苏凤闻言这才回过神来，说着便接过了冬梅手中的粉扑眉笔。

苏凤又开始对镜拍腮红、定妆、涂胭脂、画眼圈、画眉毛、画嘴唇、勒头、贴片子、梳扎、插戴头面……妆化毕，苏凤望着镜中华而不实的自己，那额上眼角鼻翼不知何时有了细纹，那青丝发丛中似是生了几根华发。

她不确信，这是不是自己。她陡然觉得自己的脚是轻的，眼光是迷离的，耳旁的声音都是虚幻的。

她就这么轻飘飘地上了台，台上的灯光真是亮，台下的票友真是多，神情真是丰富，掌声喝彩声真是一浪高过一浪……可她似乎听不清任何声音，钹鼓银镲听不清，掌声喝彩声听不清，连自己的唱词都听不清。她只顾着奋力地唱，奋力地念。

一个甩袖回眸间，她仿佛还看到了一个粉面油头、丰神俊逸的男人，抱着一束百合，夹在一众票友之间，甚是打眼。但她看不清确切是谁，那人像是秋声，又像是德鸿。

苏凤像是坠入了水中，这些人，这些声，像是隔着水波，摇摇曳曳模模糊糊，看不实，也听不真切。

几曲唱毕，她就这么下得台来，下了台，冬梅笑着给她披衣，她只觉冬梅那笑，像燕儿，又像杜鹃。

出了戏院，她回身一望那自长丰楼顶倾泻而下的海报上的那张脸，像是自己，又像是许梅仙。

抬首之间，天空中陡然又开始飘雪。雪花中恍惚映衬出一张脸，那脸像是阿母，又像是燕儿阿母。

她回过头来，只见这雪静静的，细细的，落在戏院对面餐厅门口的情人肩上头上，那男人像是秋声，那女人像是好多年前的自己……

苏凤就这么漫无目的地走着。

走着走着，就那么孤身一人游走到了天桥下。长街上没有人，却闻见两个声音，在絮絮叨叨地争论个不休。她定神一瞧，只见那天桥下坐着一男一女两个人。再定神一听，只听那男人说："大清朝要完了，大清朝要完了。"

"大清朝早完了。"那女人回他。

"大清朝没完！大清朝怎么会完呢？"那男人犟。

呵！再一细看，那女人怀里抱着一只黑猫。那猫侧过头来，看了一眼苏凤，冷不丁地叫了两声。

"大清朝早完了。现在，国民政府也要完了！天津也要完了！"

"天津？这里不是京城吗？"

"这里不是京城，京城早完了，这里是天津，天津也快完了！"

"京城没完！京城怎么会完呢？"

"京城早完了，天津也要完了！府上的人都完了！"

"喵……喵……"这时，那猫又叫了两声。

不知为何，苏凤陡然很想去抱抱那猫。待到近身一瞧，只见那男人像极了秋声，那女人像极了白青莲，那猫像极了云萍的猫。

就在这时，打天桥那头，缓缓走来一个尼姑，待到那尼姑走至苏凤身旁，苏凤一抬眼，又觉得这尼姑像是老夫人，又像夫人。

只见这尼姑将一串佛珠递到苏凤手中，便摇身就走。苏凤低头一看，那佛珠，她记得，那是秋声娘死后，散落在佛堂的珠子，她将它们捡拾收了起来。苏凤又抬头，只见那尼姑就要消失在深秋的茫茫夜幕里，于是二话不说便起身去追。

而此时，天上的雪，茫茫一片，开始越下越大，越下越大……